工人新村

上海的另一种叙事记忆

管新生/著

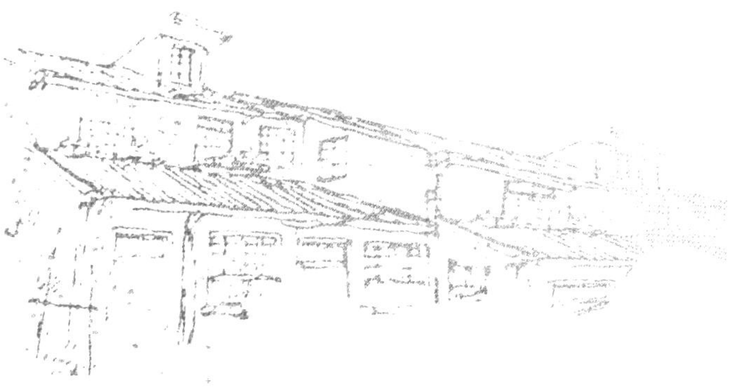

中国工人出版社

图书在版编目（CIP）数据

工人新村：上海的另一种叙事记忆 / 管新生著. —北京：中国工人出版社，2019.5
ISBN 978-7-5008-7170-5

Ⅰ. ①工…　Ⅱ. ①管…　Ⅲ. ①纪实文学—中国—当代
Ⅳ. ①I25

中国版本图书馆CIP数据核字（2019）第080700号

工人新村：上海的另一种叙事记忆

出 版 人	王娇萍
责任编辑	李　丹
责任印制	栾征宇
出版发行	中国工人出版社
地　　址	北京市东城区鼓楼外大街45号　邮编：100120
网　　址	http://www.wp-china.com
电　　话	（010）62005043（总编室）
	（010）62005039（印制管理中心）
	（010）62382916（职工教育分社）
发行热线	（010）62005996　（010）82075964（传真）
经　　销	各地书店
印　　刷	北京美图印务有限公司
开　　本	787毫米×1092毫米 1/32
印　　张	9.25
字　　数	155千字
版　　次	2019年6月第1版　2020年10月第2次印刷
定　　价	39.00元

每一座城市都有属于她自己的记忆。

每一种记忆都有属于她自己的传主。

《工人新村：上海的另一种叙事记忆》不关二十世纪二三十年代帮会纵横、“百乐门”舞厅声色犬马的事，也不关上流社会金枝玉叶的事。

本书站在工人子弟视角而书写的独特记忆，是属于个人的但又不仅仅归于个人，是属于工人新村的但又不仅仅归于工人新村，归根结底，是属于一代人的集体记忆，是属于共和国的“致青春”。

序

上海市作家协会副主席 陈思和

管新生兄属牛，生于1949年，长我五岁。他坐在劳动榻车上被父亲拉着、举家搬进杨浦工人新村时，我才呱呱坠地数月。我们虽然算是同时代人，但这五年的差别非同小可。从学历上说，他属于“老三届”的1966届初中生，而我是1969届初中生，受教育的程度不可比肩。从人生经历上说，“文化大革命”开始时，他在读初三，准备考高中；而我才小学毕业，连初中也没有读，就懵懵懂懂地进入了社会。所以，作为“老三届”的他，对上海“文化大革命”初期的历史有切身的感性认识，而我，多半是从家长们的窃窃私语中获得的间接材料。但是我们之间还是有很多相近的生活经验：我也是在四五岁时，从黄浦区热闹地带搬到虹口区广中新村居住，开始了视野开阔而且生态丰富的新村生活；我们的中学生时期都是在杨浦区度过，他在双阳中学，我在靖南中学，我们走过同一条柏油马路；双阳路上的杨浦公园，是我与家人经常游览的场所，靖宇南路附近的控江文化馆，新生兄也一定在那里看过电影《列宁在1918》，这个工人生活区的文化环境对我们青少年时期的精神成长都有过重要的滋养。因此，我读新生兄写的《工人新村：上海的另一种叙事记忆》，感受到了一种特殊的亲切和缠绵。

那时候，我们俩并不认识，但是有共同认识的人。新生兄写到他在双阳中学时语文老师张葆英对他爱护有加，张老师后来调到靖南中学当校长。她在“文化大革命”中受到冲击，我在1967年进校的时候，她已经不当校长了，只是一名普通教师，没有教过我，所以我在《暗淡岁月》里也没有特别写到她。但是我在写回忆靖南中学的章节时，脑子里一直盘旋着这位老师，浓眉大眼，端庄优雅。记得有一次学校里搞教育革命，组织学生上讲台，让老师们来听课。我被推荐上去讲了一次课，讲的是毛泽东的《中国社会各阶级的分析》。课堂上忽然有人提问：我们学生算什么阶级？这个问题似乎很难回答，在红卫兵无法无天的时候，谁也不敢说红卫兵属于“小资产阶级”，但是，根据毛泽东的这篇文章，学生就应该属于“小资产阶级”。我站在讲台上不知怎样回答，呆若木鸡。这时候张葆英老师站起来发言了，她从容地说：“依我的理解，学生不是一个阶级，只是一个阶层……”后面的话我忘记了，教室又恢复了正常的秩序。当时，我内心里对张老师充满感激。

新生兄还写到了他如何从文艺青年开始，逐渐走上写作的道路，这一路他写到了许多师友，如居有松、毛炳甫、袁金康、毛时安等，都是我所熟悉的名字。我比新生兄起步晚，学习写作的道路在1970年搬到卢湾区以后才开始，但我与居住在杨浦的发小们始终保持着联系，这些人中，有的后来成为我的朋友，有的曾经见过几次面，也有的仅有耳闻。沪东工人文化宫的工人创作在“文化大革命”之前就有名气，“文化大革命”期间，虽然文艺界百花凋零，但他们仗着工人创作的招牌，依然开展文艺活动，以居有松为代表的工人诗人群体相当活跃。居有松的诗现在可能没什么人记得，但他带有苏北口音的激情澎湃的朗诵，当年对杨浦的文艺青年确实有过很大的影响。命运有时候真不可捉摸，在我离开杨浦凤凰村差不多四十年后，杨浦区成立了以工人创作为主的作家协会，上海作家协会安排我去担任会长，我与新生兄旋即成为同事。当我们说起这一段前缘时，一切都好像发生在昨天。这种同代人的话题说明了新生兄所写的这一切，虽然是他个人的人生经验，却写出了一个时代、一个地区的集体记忆和共同感情。

我在这里特别强调这种记忆的地区性和时代性，是有所指的。上海怀旧已经在商业性的时尚风气下蜕变为一种令人厌倦的模式，意淫的耀祖光宗、符号化的炫富显贵、弄堂里的琐碎隐私，构成媒体海派文化中最俗气的底色，经织染而变得金光闪闪。这种前殖民地文化繁华与糜烂并存的恶之花遗风，此刻成为潜隐在民间文化中的隐形结构，被现代媒体和某些研究者当作神话故事去渲染。我更看重的是海派文化中的另外一个传统——与资本主义现代性同时产生的社会批判文化，体现了来自社会底层和劳动生产一线的工人要求自我解放与真正平等的理想。后一种海派文化传统本身带有社会主义的乌托邦色彩，也曾经在权力的影响下被夸大和扭曲，但是它展示的形态与内涵，则有着硬朗、粗犷、刚健、开放等现代文化特征。它是朴素的、民间的，更是有力量的。我曾经专门撰文讨论过海派文化的两种传统，这是客观存在的两种文化遗产，但是我们今天在新的时代要求下进行文化创新，弘扬海派文化的光荣，就不能不对传统进行甄别和梳理，不能把黄浦江底的沉渣都当作宝贝。鉴于这样的理解，我对于杨浦区作协主办的《杨树浦文艺》连载管新生和程小莹两位“杨浦寻踪”的文章，感到由衷的喜欢。

当然我这么说的意思，不是说唯有工人阶级的文化才是上海文化的代表。事实上也不是这样，但是在海派文化的复杂含义里，如果少了工人阶级的生活文化这一块，海派文化肯定是不完整的；反过来说，工人文化也同样体现了海派文化的精神，它是上海市民文化的一个有机组成部分。新生兄这部回忆性随笔集的时代性和地区性都是非常明确的。时代是20世纪50年代到70年代，地区特指杨浦工业区，是上海工人阶级比较集中的生活区域。但从他笔下呈现出来的，仍然是鲜明而丰富多样的上海生活场景。书中最后一篇随笔写到作者即将结婚，为了新婚住房的独立宽敞，不得不放弃已经用惯的卫生设备和煤气等便利条件，搬出了工人新村，住到又旧又差的旧式弄堂里去。当时没有商品房的概念，除了少数私房以外，其他房子都是租赁国家公房，但是政策又允许私人交换住房，于是民间有专门的交换房屋场所，有点像现在民间盛行的父母代子女说亲配婚。大家自发地聚在某个固定的公共地点，互相交换着住房信息。我家当时从杨浦区搬到卢湾区，也是通过这样的途径，为了在我妈妈的工作单位附近（淮海中路）找房子，我们的选择是放弃独门独户，交换到市中心的地段——这样一种精于计算、各有所得、互不吃亏的民间运作，正体现了上海市民精明老道又善于变通的文化特点。

这本随笔集在《杨树浦文艺》连载时，我每期都粗粗翻阅过，新生兄准备正式出版后，嘱我为之写序。书稿的电子文本在我的电脑里存放了半年，我也一直牵挂着，只是杂事太多，计划中的写作一拖再拖。这次为了利用假期把序写出，于是认真阅读了一遍。阅读中我偶然发现一个小问题，提出来向新生兄讨教：书中讲了一个巴金的书失而复得的故事，我的专业是研究巴金，这个故事对研究巴金著作在“文化大革命”时期的流传情况很有价值，因此读的时候多留意了一点。新生兄说巴金的这本小说集叫作《萌芽》，书很破旧，封面、扉页均荡然无存，书中包括《春天里的秋天》《雪》《砂丁》《利娜》四部小说，新生兄读得爱不释手。根据这些信息，我猜想新生兄获得这本书的时候，因为书的封面、扉页被撕，所以可能是送书者（在江西插队落户的作者的弟弟）传递的信息有误。这本书应该是人民文学出版社在1958年出版的《巴金文集》第2卷，书名不可能叫《萌芽》。因为小说集所收的四部小说中，《雪》就是《萌芽》。巴金在1933年根据浙江长兴煤矿事件创作了中篇小说《萌芽》，描写矿工的斗争。他受法国作家左拉的同名小说的影响写了这个题材，所以取名为《萌芽》，由现代书局出版。但不久就被国民党图书杂志审查机关以“煽动阶级斗争”的罪名禁止了。过了几年，巴金把它重新出版时，改名为《雪》，那是在1936年由文化生活出版社重版的。其间，巴金还在1934年自费印过一版，书名也叫《雪》。在收入文集时，巴金就沿用了《雪》

的书名。所以，《雪》与《萌芽》是同一本书，不大可能会在书中同时用两个书名。但我感到好奇的是，新生兄是如何获得“萌芽”这个信息的？我希望新生兄在书里继续保留《萌芽》这个书名，以保留当时记忆的真实性。但如果能够把当时获得“萌芽”这个信息的渠道再补充写出，我觉得是一件很有趣的事情。

是为序。

（作者系复旦大学教授、博士生导师、复旦大学图书馆馆长）

目　录

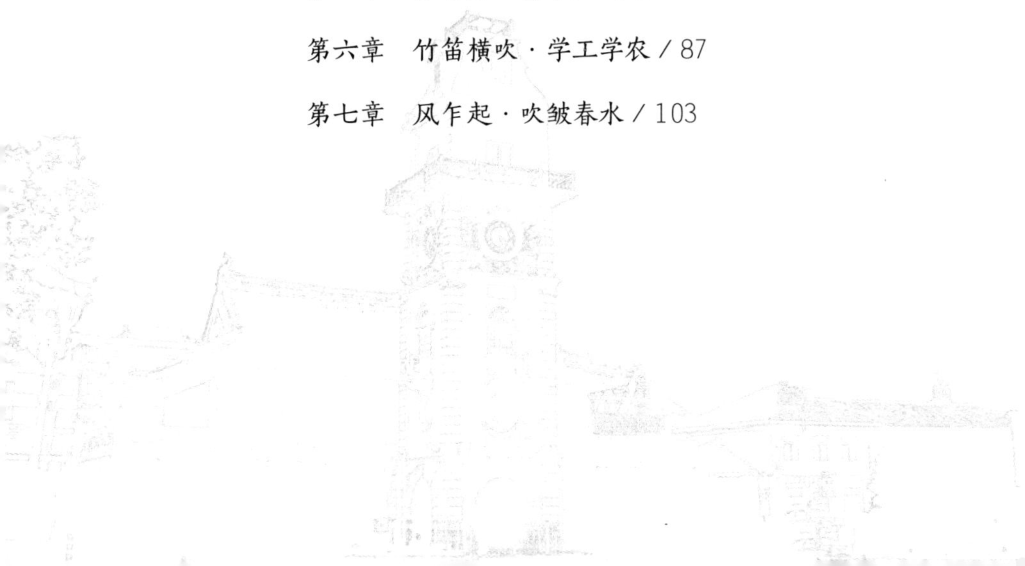

第一章

跨界行动·工人新村

1

上海的城市地标是什么？据史料云，代表上海开埠至今的建筑文化可历史地分为两类，一类是因太平天国战争而诞生的以石库门为代表的经典建筑，另一类是体现1949年以后工人阶级成为社会主流的工人新村。这两种文化范畴，分别赋予了人们完全不同的叙事记忆。

而我，是在混混沌沌之中，被上帝的命运之手轻轻一个拨弄，便实现了“跨界”行动——在一个秋高气爽的日子，父亲带领着我们，举家从常德路的弄堂房子搬往了杨浦区的控江新村，一下子从石库门迈入了工人新村。回想起来，当时的我必定连只言片语的发言权也无。

那年，我实足五岁，属于小赤佬一个，用北方话说，就是小屁孩。据一本已经发黄、发脆、老掉牙了的户口簿记载，那是公元一九五四年，十月。

至今在我记忆影像中挥之不去的是一个长长的镜头：父亲埋头弓腰地拉着一辆很大很长的劳动榻车（一种双轮

平板人力车，是当年很常见的运输工具）一个劲儿地往前跑着，车上坐着奶奶、妈妈和我，妈妈怀里还抱着我一岁多的弟弟。在我的身边好像还胡乱堆放着几根长竹竿和几块木铺板。那时候似乎也没什么家具，我们是穷得只剩“清汤寡水”的无产阶级，就这样潦潦草草地开始了后来在记忆中那么富有历史意义的乔迁之喜。

其实，当时是有另一辆劳动榻车和我们并行的，只不过拉车的是一个尚未婚娶的宁波籍小青年，所以他车上的东西更为简单：一桌、一凳、一老娘而已。他与我父亲为同一爿麻袋厂的老同事，此去大杨浦则更是成了未来几十年出入与共的新同事。他们后来的工作单位皆为国棉十七厂。前些时日遇见了这位已然八十有余的老邻居，他至今犹记得自己当年住在8号，而我家住4号。其实这4号、8号并不真正属于他们，他们仅仅是房客罢了，工人们是买不起房子的，买得起房子的就不是工人了。

那条弄堂唤作“英华里”——这三个字乃是我从已故作家毛炳甫先生的《算命纪事》小说集中查阅而得的——在大自鸣钟附近。1926年，在公共租界劳勃生路（现长寿路）、小沙渡路（现西康路）交叉口中央，建起一座钟塔，这就是上海滩远近闻名的大自鸣钟。人们把东至现在的陕西北路、西靠常德路、南近安远路、北达普陀路的这一带广义地称为“大自鸣钟”。1959 年 8 月，上海市人民政府拆除了这座带有帝国主义殖民文化色彩的建筑。顺便说说，毛炳甫先生当年竟与我父亲是同一爿厂子的工友。

这位老邻居姓李，至今我们见面都改不了沿袭几十年的称呼，我唤他为“娘舅”，他则很奇怪地叫我“老管”。当然，在我未成“老管”之前，他是唤我“新生”的。

这样的长途跋涉、拖家带口，他们不但不知疲倦，反而是一路欢快。童年时的我，又如何能理解大人们的心事？直到近几年创作长篇小说，翻阅史料，方才恍然。原来在那年头，能住进工人新村，绝对是一大快事，当年流行的一句口号自是从历史的故纸堆中一不小心泄露了时代的心事：“一人住新村，全厂都光荣”，不少劳模可是戴着大红花、敲锣打鼓很光荣地住进工人新村的。那个时代的浪潮改变了我的一家，也影响了千千万万上海家庭的命运。

尤为令人叹服的是，当时的新村连选址都是大有讲究、颇具考量的。普陀的曹杨新村毗邻大夏大学（今华东师范大学），杨浦的控江新村、长白新村、鞍山新村等分别紧挨复旦大学、同济大学和理工大学（原沪江大学，那时为机械学院）。政府的良苦用心十分显然，期盼着工人子弟的教育和文化生活都能更上一层楼。

轻轻掀开历史的台历，每一页均影影绰绰风雷动。自

1840年鸦片战争后，上海被迫开埠，列强争相划定租界，西风东渐，外国传教士和商人纷至沓来，在沪圈地、建厂。时至民国，此风尤甚。1865年9月20日（清同治四年八月一日），两江总督、江苏巡抚李鸿章奏请设立江南制造总局于上海，中国的现代工业从这里起步，中国第一代的产业工人从这里诞生。然而，直至1949年，尽管上海工人的队伍犹如滚雪球般日长夜大，却偏偏没有属于他们的住宅。据史料记载，沿着大运河——长江一线颠簸来到上海做工的人，大多依岸而居，有住在船上的，有上岸自己搭建简易棚屋的，是为滚地笼、棚户屋。杨树浦的工人们则通过工人运动争取到了一些专供他们居住的工人宿舍，但也是凤毛麟角。这样，我们也许就可以认识到，工人新村的出现，从当年至21世纪的今日，甚至无穷远的将来，都已经恒久地走进了上海历史的回音壁，在上海建筑文化史上增添了前无古人、后无来者的崭新一页！

现在想来，我忽然很钦佩父亲他们这种劳动工人的搬家行动了。毕竟，从常德路到马玉山路（今双阳路）的距离不是一眼眼（上海方言，意即“一点点”）远，够人大喘气一阵子的，等于是一步、一步又一步地赤脚量地皮（距离为15.2公里）。问问如今的年轻人，谁还愿意如此徒步走一遭？但是，在20世纪50年代早期，我们的父辈、祖辈，就是如此愚公移山般自力更生地搬家的，而且轻松完成。至于他们在这么漫长的路途中有没有歇过脚、喘过气，譬如上个厕所，抽支香烟，肚子饿了在街边摊头上来一碗阳春面？可惜，搜遍记忆无印象。

接近傍晚时分，我们来到了控江新村。不是那种居住在二楼、灶间卫生间在楼下的两层楼“两万户”，而是二楼、三楼均铺有木质地板、有着尖尖屋顶的三层楼工房，每一楼面四户人家，1 室、2 室、3 室均为一室户，4 室为内套的两室户，走廊里有两个卫生间、一个浴室供公用，一个大灶间足可放下四户人家倚墙而立的煤球炉（后来则为煤气灶），外面还有一个七八平方米含一大水斗的公共阳台。

据说这种房型的设计在当年是匠心独运的——既可解决工人住房的困难，又能让工人时时感受灶间、卫生间、浴室和阳台四家合用的“集体生活”。可谓面面俱到，足以体现政府的关怀。当然，也就此埋下了后来“邻里纠纷”的隐患，这是让人始料不及的。

顺便说说我所居住的这个门号里陆续搬来的邻居。楼上楼下有南京人、无锡人、淮安人、盐城人、泰州人、金坛人、宁波人、绍兴人等江浙籍贯人士。当然，前提都是厂里的工人，少数为科室干部。恰恰印证了上海人当中最多的是江北人、宁波人那句老话。

这种房型另有一大好处，便是房钱出奇地便宜。我家是一居室，大约是13.9平方米的使用面积（当年好像鲜有建筑面积的提法，若按今天的建筑面积估算，则约为28平方米），依稀记得房钱为每月几毛钱，这个价钱基本维持到了1977年我们搬离工人新村时，好像自始至终没有遭遇过如今日抽风似的涨价。

后来，我看到了左邻右舍搬入控江新村的乔迁壮举：或如父亲一般拉着劳动榻车；或大人小孩直接步行过来、肩扛手提——估计原住地离此不远；或是动用一路飘洒车铃、飞驰而至的黄鱼车——这是有条件的人家。

说来好笑，就在大人们一惊一乍如同看西洋镜一般楼上楼下参观的当口，我已经不甘寂寞地奔出屋子一个人白相（上海方言，意即“玩耍”）去了——真的是“一个人穷白相”，尽管房屋林立，住户却甚少，大多人家还没来得及搬过来，于是孩童更少。至今犹记得，房子外面遍地都是长得和我个头差不多高的野草，加上每一幢房屋之间的距离又宽，哪像石库门弄堂房子马桶挨马桶、煤球炉挤煤球炉，像住着七十二家房客似的，要多闹猛就有多闹猛。幸亏那时还没到进学堂的年龄，无缘拜读“天苍苍，野茫茫，风吹草低见牛羊”这样的经典名句，只知道闷头瞎皮，从这一堆草丛向那一堆草丛鼠窜。

跑得正开心，乍一抬头，哎呀呀，太阳怎么下山了？天色已经暗了下来，这才想到了回家。可是，满目尽是一模一样的一幢又一幢三层楼尖顶房子，更要命的是家家户户的电灯还没开，一片黑苍苍。家在哪里？父母、奶奶又在哪里？唯见暮色飘浮，草影摇曳。心中着急，脚下忙乱，头上冒汗。我胡乱地奔跑起来，可无论奔跑到哪里，眼中的景色始终不变：三角屋顶，三层楼房，三面草影。后来，我总在想，自己一定是踏进了父亲经常讲的诸葛孔明布下的“八卦阵”里了。

天越发黑了，我只看到自己被初升的月光照着的孤零零的影子。虽然智商一贯不那么高，但是笨小孩自有笨办法，我记起了新家在三层楼的第一间，当新村里终于亮起电灯的时候，我就把寻觅的目标锁定在了东边屋山头的三楼。灯亮着，便找了上去；灯不亮，便拐向另一幢房。就这样，几经周折，我终于找到了家——家中只剩爸爸一个人，奶奶和妈妈则去寻找失踪的我了……

这一节“搬家历险记”，成了我人生中永远挥之不去的童年印痕，也成了一个经典的笑话。要是回到弄堂时代，肯定不会这般狼狈。也许，这就是工人新村文化给初相遇的石库门文化的一个小小的下马威罢。

后来，1974年，阿尔巴尼亚中学生青年足球队在上海访问时参观了控江新村，当然还参观了中共一大会址、上海工业展览馆。1977年，日本田径团访沪，也在参观上海工业展览馆之余，参观了控江新村。控江新村不仅是工人的荣耀，也是那个时代新中国乐于向外国友人展示的幸福生活样本。

2

孩提时代的我绝不可能把自己拔高到如此高的文化层面去观察和剖析问题，但可以切身体验周遭环境的巨大变异。

打弹子、刮刮片、滚铁圈和钉橄榄核，这些曾经风靡弄堂的“螺蛳壳里做道场”的游戏正渐渐离我远去，只剩下了一个豁然开朗的感觉：白相的天地一下子变得好大好宽。当新村里的小孩渐渐增多的时候，很多非弄堂式的游戏顿时流行了起来。比如在屋山头成群结队大呼小叫地玩“老鹰捉小鸡”，比如在整个新村里漫无边际四处奔跑地玩“逃江山”。

我最有兴趣的则是在小花园里踢足球。我们这个门牌号里的五六个孩子组成了松散型的小小足球队，隔三岔五地就和居住在其他门牌号里的足球队举行比赛，值得自豪的是我们常常赢多输少，十场比赛总会赢上个七八场。也不知为什么，当年踢球的孩子个个喜欢赤脚，于是都成了飞奔在绿茵场上的“赤脚大仙”。

难能可贵的是，我们这一支名不见经传的球队居然能够从童年一直踢到少年，横跨学龄前、小学，直到“文化大革命”中期的中学毕业。那时，我在球队里永久担任左扑右挡的守门员，直到鼻梁上架起了让我“风度不凡”的嘎梁（上海方言，意即“眼镜”），才恋恋不舍地从绿茵球场退居观众席。

至今仍记得球队里有一个小女孩，人唤“野鸭子”，是踢前锋的，极具爆发力，踢出去的球势大力沉，如若放在今天，焉知会不会是女子足球队的一员猛将？后来才知道，她的芳名是“雅芝”。美国总统尼克松访华、《上海公报》发表中美关系正常化以后，她那在美国的父母把她接到大洋彼岸去了。

其时，我们的足球队员早已各奔东西，插队落户的上山下乡，分配工矿的日班夜班“三班倒”。即便如此，“足球梦”依然缠身不去。有一回，古巴国家青年队来上海，在江湾体育场与上海青年队踢了一场，我们这些小伙伴球迷徒步穿过了工人新村后面的大片农田和乡村，花了一两毛钱去现场买票观看，不料上半场结束时，天降大雨，咬牙坚持到最后，个个成了落汤鸡“粉丝”，最后还得踏着一地泥泞一步一滑、东倒西歪地回家。

控江新村时属大杨浦的上海郊外，隔着营口路与一大片碧绿的田野遥遥相望，有着清清的河水、高高隆起的坟墩头，还有一座国民党残兵败将溃逃时遗下的一半地上一半地下的大碉堡。至于那个绕河蜿蜒在绿树荫中的村庄，记得唤作“石家浜”，当真是“花褪残红青杏小，燕子飞时，绿水人家绕”。现在统统消失了，取而代之的是由钢筋水泥建成的延吉一村、二村直至七村。

延吉新村、控江新村、长白新村、鞍山新村等，均鱼贯排列于控江路沿线。控江路位于上海市区东部，民国十五年（1926 年）始筑，当时地处上海公共租界的北侧华界、“大上海计划”中的南部边缘，初时仅为黄兴路与马玉山路（今双阳路）中间的联络支路，用以方便市民前往远东公共运动场（今黄兴公园东侧）。“控江”二字，来源于上海县地方志中“华亭县负海控江”一语。

下河游泳、拷浜、捉鱼，似乎成了我们每个夏天必做的功课。游泳堪称一流的是邻家男孩国荣，随便你把什么东西，诸如手绢、纸船、芭蕉扇，往不停流动的河水中扔去，他一个猛子扎下去，待得从水中露出面来时，保管那些顺流而下的东西全都被他抓住。最精彩的一幕是，他会突然在一群悠闲自得地漂浮在水上的鸭子或白鹅中间冒出头来，边甩着水珠，边看着惊慌失措四下逃散的鸭和鹅，得意地哈哈大笑。这笑声至今犹在我耳边回荡，只可惜这画面已经化入了历史大树的年轮中。

在芦花飞扬的季节，隔壁爷叔偶尔会带着我去打鸟。我到今天还没搞懂弄通他带我去的究竟是什么地方，是沿着营口路一直走下去的卢家桥河边，抑或是向右拐穿过观音堂路（今佳木斯路）军工路到黄浦江畔？印象中，夕阳西下之时，我们来到了一片很大的水域，其中还有一片芦苇荡，视野很开阔。隔壁爷叔的打鸟武器是自制弹弓，射程不太远，但他的"眼火"极准。这一来，收获便可想而知，除了射落几只停落在不远处觅食的麻雀之外，便一无所获。

于是我想，其实在我们家门口的电线杆上不也常常有麻雀栖息吗？根本犯不着大老远地跑到这地方来。我把我的想法说了出来，隔壁爷叔嗤之以鼻，说："侬这小囡不懂的，我上次到这儿来就打到了一只野鸟，老大老大的，像白乌居（上海方言，意即'白鹅'）那么大！"自打这次以后，隔壁爷叔就基本不再带我去打鸟了。那时候我想，不带就不带，有啥稀奇的，反正好白相的东西多得很，我自己也好去白相。现在想来，隔壁爷叔当时打到的大概是大雁或者天鹅之类。

其实，少年时代白相的东西太多了。随便说说，我有那么一个时期被有着军长、师长和排牯绵（上海方言，意即“排长”）的军棋、楚河汉界的象棋、黑白世界的围棋迷得神魂颠倒。一桌二椅一棋盘，两人相向而坐，一旦开局便废寝忘食地厮杀。输了棋的人不甘心，再下一盘；赢了棋的人感觉良好，手下败将哪里逃！其实彼此都是菜鸟，像我等这般没有接受过专业训练的，哪里成得了骨灰级的人物！

下棋自是棋文化，与石库门无关，与工人新村无关。但有关系的是，下着下着，忽然觉得脚面上痒酥酥的，低头一看，哇哈，是一只张牙舞爪的大螃蟹！这样的故事层出不穷、妙不可言。每逢这个时令，蟹们常常会十分友好地爬上你的脚面，咬住你的裤管，绝不放手，恳请你给它以清蒸白灼的优惠待遇。这样的“白食”，唯有家居工人新村之人有福享用。

不过，当时最吸引我的，莫过于在田野里放飞风筝的人。尤其是早春或深秋时节，结束了一季菜蔬的收割，菜地里放风筝的真是人山人海。地上大人小孩放肆地奔跑，天上各式各样的风筝争奇斗艳，如此蔚为壮观的景象在石库门时代是无法想象的。试想一下，手里握着缠线板，几步奔跑，一拉一扯，风筝乘风扶摇直上；手腕一动，风筝高高在上“引吭高歌”；用力一提，风筝翅尖一斜直冲云天！多神气活现，多有派头。

可惜，我只是在看，偏偏自己无法体验放风筝的快感。

为什么？因为我没有风筝。

那年头没有现今发达，花点银子就可以去城隍庙商场里购买一个足够大、足够花哨的风筝。对不起，那年头的风筝全都是自家巧手制作的。

我没有这么一双巧手。没想到，母亲有。

在得知了儿子的心事后，母亲不知从哪里弄来了许多花花绿绿的纸头，还有细细长长的铁丝，并且熬了一盆糨糊，剪呀、扎呀、糊呀，忙活了整整一个通宵。当第二天早上醒来的时候，一只硕大的牛首风筝正静静地趴伏在我的床前，一往情深地默默凝视着我。

那个下午，我和父亲七分高兴、三分骄傲地在田野上放飞了牛首风筝。后来，母亲告诉我，我是己丑年生人，属相为牛。我忽然明白了，我放飞在天空中高高翱翔的，哪里是风筝，分明是母亲深深的祝福和心愿。

谢谢工人新村，给了工人子弟一个工人子弟的童年。

细细想来，我的童年恰恰也是工人新村的童年。

无邪。天真。阳光明媚。

《心愿》

（画家诗友成莫愁读完本章作画赠）

第二章

野蛮小鬼·瞎白相

1

记得初到工人新村时，我遇上了一件匪夷所思的事情，那便是每隔一段时间，在睡梦中常常会听到一种一阵紧似一阵的莫名声响，更可怕的是，连床铺偶尔也会像筛子似的颤抖起来。伴随着这些的，还有闪电般的光亮一闪即逝，如同划亮夜空一般划破我的梦境。

梦耶？非梦耶？

谁也说不清。因为我压根不敢和大人们叙说。

后来，我终于知道了，那不是梦。

有一天，父母忽然忙开了，将所有的窗户玻璃统统贴上了呈米字状的防玻璃破碎的长条牛皮纸。这时我才明白，这是为了防范空袭。谜底就此揭破：那时台湾的飞机经常借着夜色掩护肆无忌惮地光顾上海的天空，欺侮大陆东海沿岸防空力量薄弱，这就引起了地面上的高射炮齐鸣、探照灯齐亮，并一不小心便闯入了我似梦非梦的“领空”中来了。听父亲说，隆昌路那儿驻扎着当时苏联老大哥的防空炮兵部队。

也难怪高射炮声没能把我惊醒，其实我们这些小孩每天都玩得很吃力、很疲乏。那时候的平民百姓家长们没有超前意识，比如让子女去学学琴棋书画，或者上上学龄前不输在起跑线上的各类补习班，他们对此没有一点儿觉悟。当然，也不可以完全责怪他们，而是那个时代还没觉醒。现在想来，他们倒是慷慨大方地将这些力气活儿历史性地搁到了下一代人的身上，至今让我们又“孝子”又“贤孙”地负重前进，压得背也驼了、腰也弯了。像我们光景的这一拨人，那童年时代活得真的是既轻松又潇洒，白天是一晌贪玩，夜晚是一晌贪睡，打雷不醒，闪电不惊——径自沉浸在睡梦里，“幸福指数倍儿高”。

学龄前的我们玩的其实尽是小儿科。尤其是男小囡，喜欢骑着青青的细竹竿当马，挥舞着用竹管筒做成的新式武器去“打仗”，一朝得胜，便自诩为“凯旋大将军”，免不了有点“好战分子”的味道。至今长相忆，先将一坨浸得湿漉漉、水淋淋的纸团推到那一节短短的、蜡黄的、两头通的竹管筒中间，而后再推一坨，用力继续推！于是，先推进去的纸团会因为承受不住压力，“啪”的一声，便疾速地发射出去，足可以打在五六米开外的小伙伴脸上，生疼生疼的。长大了，回过头一看，挺无聊、挺无趣的。可它当年确实风靡了工人新村，挺时尚、挺流行的。

有一位也是从那个时代过来的权威人士评判曰：工人新村的野蛮小鬼（鬼，上海方言，音为jū，后文同），只会瞎皮、瞎白相！

此言信然。

2

但是也有先知先觉者，那是一个比我大几岁的小女孩，也是一个在读的小学生。忽然有一天，她用大人的口气对我们说："你们不读书，将来就是一块烂木头，派不了用场的！"大概我们都不大愿意做派不了用场的烂木头，就跟在她的屁股后头"读"起了书。

总是在下午——上午她要去学校上课——阳光灿烂的时候，我们各自从家里搬来小板凳，齐刷刷地坐在她家的窗下，认真地听她上课。也不知她从哪儿搞来了一块小黑板、一个黑板擦、几支白粉笔，就这样开始办起了学龄前儿童的义务识字班。我对此记忆犹新——她居然很有老师范儿地在手臂上戴了两只深蓝色的袖套，很像那么一回事儿。

感谢这个名唤"红英"的小女孩，超前地免费给我们这些学龄前儿童开起了补习班。哪像今天那些个遍地开花的以“让你的孩子别输在起跑线上”为诱饵，继而逼你大把大把掏钱的学前班啊！

可是有一天，我忽然惹了祸。我取出了几根橡皮筋，悄悄将一颗由纸折成的“子弹”发射出去，射中了一个叫“阿虎”的小男孩的后脑勺。没料想这阿虎不哥们儿，立即举手报告给了“老师”。于是，她紧绷着脸走到我的面前，一把抓去了我的橡皮筋，扔给我两个字：充公！

可怜我的橡皮筋，就此与我天各一方，再也没有了消息。我也去向她讨还过，可她声色俱厉地回答我说，老师说过的，上课做小动作被充公的东西，一律不还！

很久很久以后，她去了崇明农场，返沪之后，果然梦想成真，先做代课老师，后来真的当上了一名光荣的人民教师。

3

又过了一年，严格来说，那是1957年的秋天，我终于走进了学校的课堂，正规的校名叫作“杨浦区第二工人联合子弟小学”，简称“二联小学”。这个小学迄今犹在，先后与杨家浜小学、三联小学合并，连校址也搬了。

其实，前一年，我就去报过名，学校说我是大月份出生的（也即8月31日之后），年龄不到，要晚一年才可以入学。后来，我又去了民办的杨家浜小学，不料民办的与公办的一样顶真、一样严格、一律“拒签”，我只好老老实实地在家里又待了一年。不过这或许也有好处，如果我早一年上学的话，那就成了1968届高中生——“文化大革命”时期的毕业分配是“一片红”，统统上山下乡炼红心！而且，没还价的份儿。

杨浦区第二工人联合子弟小学坐落在永吉路上，一边是控江东三村，一边是控江西三村。它是由杨树浦发电厂、上海自来水厂、上海锅炉厂及国棉十七厂、国棉十二厂等几家纺织厂共同出资联合为工人新村建造的学校。据说，老师们大都喜欢教西三村的学生、发电厂的孩子，因为他们家庭的经济条件好。

那个年代的小学生活还是蛮活跃、蛮有时代特色的，因为各种形式的政治活动多，且大多是有上面的红头文件的，所以被冠之以“政治”二字。我们这些当年的红领巾或准红领巾们自然不知道这些，而今上网一查就清楚了。

深深印刻在童年记忆底版上的事情有三：一是消灭“四害”；二是“大跃进”赛诗会；三是大办公共食堂。

说是开展消灭蚊子、苍蝇、老鼠、麻雀“四害”的爱国卫生运动，其实最闹猛的是消灭麻雀。凡经历过那阵势的，到今天一提起来，还会津津乐道。大人们成群结队地在前面敲锣打鼓放鞭炮，比过年过节热闹多了。我们这些小学生就跟在后面起哄呐喊助威，一时间，锣鼓点儿把整个工人新村都敲打得沸腾了起来。浩浩荡荡的队伍在楼宇之间穿行，锣鼓喧天，鞭炮动地，果然将小小麻雀吓得屁滚尿流、溃不成军，自有那被吓晕了、吓傻了的，一只又一只从屋顶上、电线杆上甚至天空中一个倒栽葱跌下地来，让我们这些小囡冲上前去逮了个正着。

印象中，最活跃者莫过于前文提及的娘舅了，他原本便属于“猴子屁股坐不牢”的那一族，趁此大好时机，自是过足了放鞭炮的瘾。你看他随手抓了一大把“高升”塞在衣兜里、裤袋中，走不上几步，便将香烟屁股凑近“高升”上的引信，一阵嗤嗤火花过后，便“乒——啪”一声在半空中炸开了！那时候，娘舅自是八面威风，风头出足！可惜，老鬼也有失辟（上海方言，意即“失算”）的辰光，不知怎么回事，突然“乒”地一响，那“高升”莫名其妙成了“低升”，竟然一头扎到地上去了，“啪”地在众人脚下炸开了！惊魂未定之时，他紧接着又来了一记“低升”，更恐怖的是这炮仗居然在大家的脚下乱窜了一气之后才炸响！这时便有人大叫了起来，要取消他放炮仗的资格。幸好，后来他手里的炮仗全都很争气地蹦上了天空爆炸。这是我历经五十余年的时光流逝以后，尤其难以忘怀的一幕。

现在，我们终于知道了，消灭“四害”的红头文件是中共中央、国务院于1958年2月12日发出的《关于除四害讲卫生的指示》，提出要在10年或更短的时间内，完成消灭苍蝇、蚊子、老鼠、麻雀的光荣任务。当然，将麻雀列入“四害”阵营是一桩很说不过去的冤假错案，好在不久便进行了平反，取而代之的是臭虫。

如今的“70后”“80后”“90后”大概不知臭虫为何物。上点年纪的人应该记得，那年头的臭虫还是很嚣张的，个子小小的，仅有四分之一指甲盖大小，黑红黑红的，常常在夜深人静时偷偷从床铺下面、枕头中间、席子缝里钻出来，朝着人们的肉头厚实之处诸如头颈、大腿、手臂咬上一口，恶狠狠地吮吸鲜血，让人奇痒无比，再也无法入眠。即便被人发觉后掐死了，臭虫还会报复性地释放出一股浓郁的臭气，是为名副其实的臭臭的虫也。

记得那时每到礼拜天（彼时尚未实行双休日制），父亲总是将床上铺板卸下，而后用毛笔蘸着666粉扑杀床板上的臭虫。若是发现了那一粒粒白白黄黄的臭虫幼子，便点上蜡烛用火燎烤，于是床板常常被熏成一片又一片的黑。偶一抬头，蓦见左邻右舍家家户户都在上演着这种讨伐臭虫的节目，可谓工人新村的奇特一景。

大战臭虫的故事持续了好几年。终于，曾经不可一世的臭虫走到了历史尽头，淹没在了人民战争的汪洋大海之中，永久地退出了与人类共存的舞台。“四害”排名榜如同今日电脑屏幕一样重又刷新一遍，改成了：苍蝇、蚊子、老鼠、蟑螂，并一直延续至今。

大约在小学二三年级的时候，我们在班主任朱良秀老师的带领下，来到了长阳路引翔港一带，依稀记得也许是少年宫，也许是某一小学校，参加了一次赛诗会。这是我人生中的第一个赛诗会，远比我后来参加过的无数次更大规模的赛诗会都印象深刻。只记得老师要求我们在红红绿绿的大页纸张上写四行诗，每一句七个字，而后挂到已经悬满了彩色纸张的墙上去。

那时的我既不知道押韵合辙，也不懂得平声仄声，更不明白起承转合，只记住了一句话：人人写民歌，民歌大跃进。同学们热情高涨，初生牛犊不怕虎，人人吟诗成李白，个个奋笔王羲之，以“大跃进”的速度，一会儿便写就了一首不是诗的诗，一会儿就涂鸦完成了一张大页纸，统统挂到了墙壁上，五彩缤纷，煞是好看！

是啊，有的事，只要遇上了一回，就会让你今生今世忘不了，尽管只是惊鸿一瞥，许多年以后却成了永远的回忆。

4

接下来不能不说到大办公共食堂的故事了。我在工人新村也亲身体验了一把。

大办公共食堂之事，历来有诸多版本共存，有引经据典的，有经“三家村”老学究考证的，有揭秘破译的。现在本书呈现的则是另一种文本，除了确实不知道或者记忆力不逮之外，绝无杜撰虚构。

公共食堂据说吃饭不要钱。用时下流行的一句话来调侃，那就叫作“困梦里厢想屁吃”！可是，恰巧，偏偏让我们瞎猫碰死老鼠——撞上了！

那一日放学回家——需要说明的是，我们的小学时代只有上午半天课程，下午全部“放羊”，不上课、不读书，和邻居、同学组成温课小组，有作业的做作业，无作业的则自习——正是中午时分，我突然看到我们所居住的门牌号的大门口搭起了一座高高大大的天棚，人来人往，扶老携幼，呼朋唤友，人人向前，个个争先，一瞬间，但见手臂与筷子齐飞，笑脸共饭碗一色。好一幅公共食堂怡人图！

还没等我明白过来究竟是怎么一回事，正捧着饭碗大快朵颐的国荣、阿虎几个小伙伴一齐朝我大声嚷嚷开了，性急的阿凤已经一步奔了过来，将一双碗筷往我手里一塞，说，公共食堂开门了，快去吃呀，想吃什么就吃什么！

不绝于耳的是锅碗瓢盆交响曲，目不暇接的是狼吞虎咽享受美味佳肴的众邻居，还有什么可犹豫的呢？那就不要客气，实实搏搏（上海方言，意即“放肆地”）来一记海吃海喝吧！这对所有双职工家庭的工人子弟来说，不啻听到了来自天堂的召唤！

走近才见，天棚底下的长桌一字排开，桌子上碗连碗、盆接盆、钵头套钵头，鸡鸭鱼肉、荤素搭配，红烧、白灼、清蒸、油煎一应俱全。再看掌勺厨师，却是阿虎的老爸和他老爸的老爸“胖老爹”——一个是国棉十七厂本部食堂的大师傅，另一个是退休了的X级厨师（不好意思，我忘了他是国家哪一级厨师，如今已然查无出处，反正绝对不差，姑且以X代之，免得辱没其光荣称号）。这父子拍档可谓绝配：一个做上手——烧、炒、蒸、炸，另一个做下手——切菜、配菜，忙得自是不亦乐乎、大汗滚滚。用两个字足可形容他们的手艺级别：够味！

我本凡夫俗子，怎能不食人间烟火，又岂能免俗？当下自是毫不犹豫地加入了吃客的同盟军，当仁不让地好好犒劳了自己一番，既丰富了味觉，又满足了肠胃的饥渴，可谓一举多得。

令人叹为观止的是，每一位食客皆可点菜，你点什么，他们即刻便给你炒上一盘小锅菜！色香味俱全，不能不令你馋涎欲滴！忆昔抚今，三十余年后风靡至今的街头大排档，活脱脱是那时节公共食堂的翻版。

到了晚上，灯火通明，公共食堂挑灯夜战，并且来者不拒，哪怕你是过路客、陌生人，一律享受同等规格待遇，只要你说得出，我就烧得出！真应了当时的一句话：人有多大胆，地有多大产。尤为难能可贵的是，你还可以狮子大开口地预订第二天的早餐，大饼、油条、豆腐脑、老虎脚爪、糍饭糕、小馄饨、大馄饨、阳春面、浇头面……凡此等等，不一而足，全部满足！

想一想，那是何等令人向往啊！我等小八腊子偏偏当时就没有想到，在那个物资匮乏的年代，偌多鱼、肉、菜蔬、米、面、油、盐等一应物品从何而来？那父子拍档的工资和加班时间该如何计算？稍稍往深里一想，又是哪一级机构拍板决定并且通知这对父子拍档赤膊上阵的？是居委会，还是他们所在的厂矿企业？一切，均不得而知。或许，当时的大人们是清楚的，而我们尚处孩童阶段，不知、不晓、不清楚当在情理之中了。

走笔至此，适值与小学及中学均为同窗的顾祥生通了电话，聊及公共食堂一事，他同样记忆深刻，当年他家门口也办了一家公共食堂。他很严谨地补正了一点，说我遗漏了很重要的一条，上海的公共食堂并没有像当时的农村一样实行共产主义，是要用钞票买代价券才能打饭打菜的，就像厂里的食堂一样。不过，令他至今长相忆、长相思的是：那些小菜真好吃，是窝里厢（上海方言，意即“家里”）绝对烧不出来的。

不久，顺理成章地到了那一天——工人新村的公共食堂突然关停了，宛如电影画面中的定格，戛然而止！一切，忽然偃旗息鼓，一如开始时候那般突兀，就像根本没有发生过。这昙花一现的美丽，在五十年后成了“雪泥鸿爪”，留待我从记忆深处一一翻检，一一拾取，一一记述。犹记得苏轼先生在《和子由渑池怀旧》诗中的那一声长喟：“人生到处知何似，应似飞鸿踏雪泥。泥上偶然留指爪，鸿飞那复计东西……”

自那以后，我们这些小囡忽然与曾经在公共食堂中露了一手的“胖老爹”成了忘年交——这倒不是由于他厨艺不凡，因为后来他再也没有在我们面前摆弄过他的手艺，历史已经不再给他提供那一张显示特长的平台了。永远记得，在那些暑热无眠的夏日夜晚，在那些秋凉四起的朗朗星空下，在屋山头，我们搬来小板凳，亲密地围绕在“胖老爹”的周围，听他神吹海侃薛仁贵征东、薛仁贵征西、薛仁贵征南、薛仁贵征北的故事。这薛仁贵的故事总也讲不完，他炫耀地说他家床底下有一麻袋的书，真让我们这些小把戏（苏北方言，意即“小孩子”）羡煞、慕煞、肚肠根痒煞！

可是，终于有一天，我们同薛仁贵的故事挥手告别了，而且是永别——不是薛仁贵与我们告别，而是“胖老爹”与大家永别了。他在讲完薛仁贵吃了九头面牛、两只面虎，有了九牛二虎之力辅佐唐太宗平定天下之后，笃悠悠地回到家里往床铺上一睡，不料竟就此长眠不醒。后来，我们这些傻了吧唧的小朋友还去追问其孙子阿虎，念念不忘那一麻袋的书。他的回答令人大失所望，仅三个字：不知道。不知道的结果便是永远不会有人知道了。

再后来，轮到我在屋山头讲故事了。其实，在我开始讲故事的先前已经有铺垫了——那时，每逢“胖老爹”因故或无故缺席之时，我便毛遂自荐地坐在“胖老爹”的座椅上，“抢班夺权”地向小伙伴们舌绽莲花、添油加醋地讲述听来的、看来的新故事。“胖老爹”发觉后，不但没有不高兴，还很谦虚、很大度地坐在一边听我讲故事，听的结果便是特地借给了我一本薄薄的薛仁贵的线装书。这无疑是一种巨大的奖赏，助长了我的兴趣和人来疯。谢谢你，

“胖老爹”！

“胖老爹”走了之后，常常一到夜晚，便有许多小朋友涌进我家，连连问，今朝夜里厢讲故事哦？你不去，很多人便立马甩脸子；一旦答应了，大家便欢呼雀跃，抢着帮我把小板凳搬到楼下去、在茶杯里斟好凉开水，而且还会往被暴晒了一天的泥地上浇洒冷水，恭候我的“大驾光临”，等候我的开场。这样的优惠待遇令童年的我扬扬得意。

兴趣是需要鼓励来浇灌的，一如萌芽需要营养液。这也许是一种宿命，为我很多年以后“写字为命”的创作生涯打下了伏笔，可视当年为一雏形。曾记否，五千年前老祖宗们流传至今的文学遗产，不都是从口头文学起步，后来才一点点发展为书面文学的？

感谢文学雨露，慷慨大度地滋润了我贫瘠的童年。

第三章

书呆子·大种十边

租六本
1分钱租三本

1

那时候我迷上了看书。具体时间大约在小学三年级，自以为也算认识了几个方块字，阅读图书的识字率也马马虎虎能够达标了。实在遇到不认识的字，除了举手问老师以外，就是直接“跳”过去。直到高年级，也可能是进了初中以后，我才学会了查字典。

很感谢20世纪50年代末60年代初小学时代的读书环境，每周起码有两节课是阅读课。班主任朱良秀老师从二年级到六年级一直教我们语文、算术、音乐、美术等。每逢阅读课，她便捧着厚厚的一摞书走进教室，分发给每一位同学。至今犹记得《大林和小林》《在烈火中永生》《我的一家》《吕小钢和他的妹妹》《党的儿子穆汉祥》《黄浦江边的儿歌》《小电话员》《毛主席的好孩子刘文学》。稍晚一些，到了五六年级的时候，读的书还有《英雄安业民》《雷锋日记》等。

有时候，大概学校图书馆一时周转不过来了，便听朱老师在课堂上讲《白雪公主和七个小矮人》《小美人鱼》之类以及第26届世界乒乓球锦标赛中国第一个女子单打冠军邱钟惠的故事。永远忘不了，她时而讲上一段故事，时而弹奏一节风琴，时而在黑板上画上几笔图画，那才叫才华横溢，令我等惊为天人！不知朱老师，尚记得当年情景否？

其实，这仅仅是阅读课的上半场，下半场就是请同学们走上讲台复述故事，或者请大家写读书笔记。

阅读课，大有益。于是，许多同学日渐迷上了看书，养成了阅读的良好习惯。此处用一个“迷”字似乎并不过分，起码就我而言，便是如此。

阅读和写作从来就是一对亲密无间的孪生兄弟。记得当年我读书时最拿手的成绩便是作文，凡从图书中摘抄拈来的精妙词句每每呈现于作文之中，便大受老师表扬。班上总有一些不服气的同学要和我公开较劲：每到学期结束时，一一细数，看谁的作文簿上的五分多（当年为五分制）！基本上，我总是能胜出，说得谦虚一些，是以微弱的优势险胜。

当时的我对读书的痴迷程度已经到了谁都看不懂的地步。上学路上手执一卷边看边走，放学时分一卷在手边走边看，一如今天年轻的男孩女孩边走边白相手机。那年头，

朱良秀老师在上海二师附小上公开课，除了三年级小学生，还有全区的校长和教导主任（1981 年）

马路上的车辆稀少，饶是如此，还是好几次一不小心和路边的电线杆“香鼻头”！吃饭时也看，一顿饭常常吃到饭菜凉了，不知送进嘴里的是甜、是咸、是辣、是酸，也不知挨了奶奶多少骂，当然，她是心疼孙子。到了晚上睡觉时，悄悄躲进被窝里如追电视连续剧般继续阅读——怕父母责怪，就打着一支手电筒看，直到一觉睡醒，方才发觉被窝里怎么灯火灿烂！有时父亲发现了，便一把掀去被子，让冰冷的风横扫我的身躯。

尤其妙不可言的看书之场所则是厕上，既安逸又安静。正看得神知吾知、不知今夕是何年之时，蓦地听得四户合用的厕所门板上传来一通惊心动魄的猛擂：喂喂！里厢的人是不是跌到马桶里爬不起来了？一惊，猛一起立，顿时双脚发麻、两腿发飘、眼冒金星找不到北！唉，读书三昧，谁人懂经？读书养眼，读书勾魂，读书入魄！一旦打开了书卷，便叫人再也放手不得，大有非一口气读完不罢休之势。

而今我已步入夕阳残照之境，依然改变不了这一秉性，不管是雅得紧或俗得紧的长篇说部，还是诗词和理论文本，一沾上手便再也放不下，且一视同仁，绝无半点厚此薄彼地通吃！抚今忆昔，岂不恰恰暗合了北宋欧阳修的“三上读书法”：马上、枕上、厕上？只可惜，迄今无缘享受骑在马上读书的快感。

于是，我就此看书成精，一部三五十万字的长篇小说，要不了一天二十四小时即可拿下！并且，可以娓娓复述精彩篇章。时光穿越到我在厂子里当工人的20世纪80年代。那时，金庸的武侠小说刚流入内地，港版的四卷本《射雕英雄传》全书120余万字，一位范姓工友每天早班下班时分借我一卷，次日一早六点钟上班即归还于他。有借有还，再借不难，后面等着的朋友海着呢，排队的人起码排了两条横马路还带拐弯呢！幸亏我有早年练就的阅读童子功，一个晚上看完三四十万字不在话下，否则早就被取消了排队看书的资格。

我的孩提时代流行看连环画。至今犹记得工人新村36号一楼的开放式阳台上有出租小人书的书摊，时下价值连城的四大名著连环画《水浒传》《西游记》《封神演义》《红楼梦》全套几十册，应有尽有，随便出借。依稀记得一分钱可租3本，时限为24小时；坐在那儿当场看则便宜，一分钱可租五六本。那些名家绘画的小人书若放在今天，可是好大的一笔财富。小人书摊主的儿子是我的同班同学，前些时日我在电话中问及当年那些精品连环画的下落，听筒里传来的是一阵苦笑："封资修"的东西，早就已经销声匿迹了。哑然。

那时候，我们这些小学生谁有钱谁租书，没钱的则“揩油”，蹭别人借来的小人书。如果彼此都是借回家去的，大家便在约定的时间里抓紧先看完自己借来的，再和别人互通有无地交换着看。我们看书的习惯也很幼稚，凡是遇到不认识的字词或者看不懂的地方就跳过去，“看图说画”就行，真的是不求甚解。颇有晋时陶渊明之意：“闲静少言，不慕荣利。好读书，不求甚解，每有会意，便欣然忘食。”

“三上读书法”的“负面后果”同样立竿见影——当时我在班级中属个子偏高一类，座位原本在教室里的最后一排，书看得越多，座位便朝前挪得越快。非他，乃近视了耶！很快，我便如同三级跳远一般地跳到了第一排！遗憾的是，犹自看不大清楚黑板上的粉笔字，朱老师只能请我父母去给我配眼镜。天哪，管氏家族就此由我开了先河，配戴嘎梁唯我独创、唯我独有！父母弟妹皆无此不爽装备。按医生的规范说法，是不良的看书习惯弄得眼睛近视了。其实，鼻梁上架一副眼镜倒也蛮好的，腔势威风凛凛。

一个礼拜天的下午，父亲把我带到了南京东路上闻名遐迩的吴良材眼镜商店。那里的服务态度好、眼镜好，可是价钱也好：33 元！当年，我父亲的月薪为 63 元，上海的人均生活费为每月 8 元！但有一点不好，他们一本正经地关照我，眼镜既然戴上了，就不可以不戴，否则近视度数会加深。但过了几年，报载医学界权威人士言，近视眼镜千万不可以一直嘎在鼻梁上，看近无须戴，看远再戴，否则近视度数会加深！呜呼，至今也没有搞懂弄通孰是孰非。

2

说来有趣。隔壁有一位好学的邻居，比我低两届，毫无理由地羡慕我肚子里的墨水和故事，仗着是隔壁邻居的优势和强势，从我这儿学得了“三上读书法”，取得了“西天真经”，并且不间断地向我借阅小说，不借她还不高兴。于是，她的作文成绩很快就上去了，开口也有大兴牛皮吹了，真个是“胸中有丘壑，腹中添经纬”。岂料水涨船高，竟将 1.5 的视力急流勇退地变成了 0.05！忽一天，她突然喜忧参半地向我大兴问罪之师，说是上当了，“怎么会一不小心就上了你的贼船？坏人！”可叹邻家孺子不觉悟，凡世上事，有得必有失，有失才有得，原本寻常得紧。呜呼哀哉，无言以对。

书籍，让人开阔眼界，让人增长知识，真好！手中那薄薄的一册书不再能够满足求知欲日益旺盛的少年学子，于是我开始向厚厚的小说、野书进军。记得那时候的居委会有阅览室，可以办卡借书，可惜须初中以上者才可凭学生证借书，而小学时代无人持有学生证。有同学说，杨家浜小河边有一个私人书摊，有许多古董书，比如《三侠五义》《隋唐演义》什么的。我立马赶去，发现需凭户口簿借阅，几分钱一本。书摊老板是一个少女，长得虽然蛮好看的，但无奈脸上无半丝笑容，后来才听说她是个落魄的社会青年。再后来，书摊老板换成了一位老者，听他说，女儿到民办小学当代课老师去了。

其实，真正可以消消停停读到的好书都是同学之间互相交换的，如《创业史》《风云初记》《上海的早晨》《红岩》《青春之歌》《暴风骤雨》《铁道游击队》《野火春风斗古城》《林海雪原》《烈火金刚》《苦菜花》《敌后武工队》《红日》《黎明的河边》《钢铁是怎样炼成的》《踏平东海万顷浪》等。回忆所及，同学中热衷于此道的有俞振雄、顾祥生、秦汉海、周斌奎、张宝琥、封美凤、宋余道、徐元宏等，其中尤以男同学为甚。

虽说读书无数，但真正属于我自己的书，连半本也没有。说到底，只缘一个字：穷。因为家贫如洗，老爸老妈的工资开销连让一家七口人糊口都尚且不够，哪有余钱去购书，故从来不敢作此奢侈之想。

说也怪，老天有眼，有一次我阴差阳错不费吹灰之力就得到了三本书：《强盗的女儿》《阿凡提的故事》《小英雄雨来》。那时候适逢“大跃进”时期“妇女解放劳动力”，母亲去国棉十七厂职工家属长白街道缝纫组，每天工资四毛五分钱。时日一久，母亲便想自学裁剪，就让父亲去新华书店购买两本学习裁剪的入门书，不料父亲买来的竟然是高级裁剪师的书。于是，母亲带着我去了双阳路控江路口的新华书店分店。谁知裁剪入门书缺货，且又只能换书不能退钱，这一来自然便宜了我。

这是我人生中初次拥有书籍。

3

又想起一件有关书的往事——此书不关小说事，不关野书事，只关语文、算术等教科书一事。那一天放学后，不知何事，我挎着书包去母亲在长白路图门路的单位。途中，偶经一个烘山芋的摊位，那阵阵香味直勾得我肚肠根发痒，馋老虫禁不住地统统爬了出来！

当时正值三年自然灾害时期，家家户户为了填饱肚皮，统统将干饭“升级换代”成了稀饭，以为非如此便不能填饱老是在咕咕叫唤的肚皮，岂料越这样，那饥饿感越发强烈——人的肚皮是骗不过去的！还别说，底层的老百姓真聪明，在一锅稀饭中加水、加水再加水，几乎成了一锅饭汤，放入面疙瘩和菜皮，用小火熬成糊状。一到吃饭时辰，走廊里左邻右舍刮锅底的声音此起彼伏，犹如进餐交响乐。走近才见，大人们争着把脑袋伸进偌大的锅里，用舌头舔那锅底的最后一口汤汁！几乎与之同步的则是家中那一排小囡，个个伸出舌头将碗舔得干干净净！试想一下这个极为生动的年代画面罢。

且说当我那饿成了臭虫干一般瘪瘪的肠胃吸饱了烘山芋的浓郁香味时，我颇具幸福感地准备离开了，却倏地想到了《阿凡提的故事》：一个穷人经过一个饭馆时被饭馆老板揪住，要他拿出钱来，理由是穷人偷吃了饭馆里的香气；机智的阿凡提为穷人打抱不平，同意付钱，提起钱袋让老板听到了铜钱的响声，说："他吃了你的香气，你听了我的钱响，两清!"

就在这时，我突然感到沉甸甸的书包变轻了！拎起一看，不但语文、算术等教科书不翼而飞，而且连那只好看的文具盒也不见了踪影！顿时大惊失色。我清楚地记得，当时的自己哭出了声，流下了眼泪。

有一个比我大不了两岁的小男孩在我面前站下，说："不要哭了，我晓得是啥人偷了侬的东西！走，我带侬到伊拉屋里去，寻伊爷娘！”六神无主的我跟着他走了。

当转过长白浴室的时候，我在煤堆旁发现了我的文具盒，只是里面已空空如也。小男孩捡起文具盒交给了我，恨恨地说：“肯定是迭格贼骨头偷侬东西的，伊拉窝里厢就住在前头！”

好像是上了二楼，小男孩推开了中间一户人家的门，一头闯了进去！我也跟了进去，只见屋子中间有一个女人，见到我们把脸一板，说：“阿拉儿子出去了，要寻伊白相到外头去！”

话音未落，小男孩已一头扑向了窗前的桌子，一把抓起桌上的铅笔、橡皮、卷笔刀，转身问我：“这些东西是不是侬的？”我只看了一眼就大叫起来，全部是我被人家偷掉的！

女人的脸色变了。“小赤佬！瞎三话四个啥，统统给我滚出去！”小男孩毫不畏惧，说：“倷儿子是贼骨头，一直偷人家东西的！快把伊偷来的东西还拨人家！”

女人也不搭话，上前一把揪住了小男孩的耳朵，怒吼一声，滚！小男孩一下子被揪得呜呜哭出了声。大概那女人对他恨之入骨，下手极狠极恶！就这样，我们被那女人撵到走廊里去了。

后来，小男孩把我领到了他家，那是紧挨马路上街沿的长白新村一楼。他比我高一届，便把读过的语文书和算术书，还有几本练习簿，送给了我。

几年以后，我们又见过一次面。可当时“文化大革命”风云已起，上山下乡运动惊涛拍岸，真个是“人面不知何处去，桃花依旧笑春风”。多少年月成过去，桃李散落拾亦迟。

之所以在这里详尽地叙述此事，一为怀念纯真无邪的少年时代，一为权充迟到数十年的“寻人启事”，盼有相同经历者或知当年小男孩下落者，望联络，望告知，则幸甚。

4

有一天，当时小学生人手一份的《中国少年报》头版头条用红字刊出：党中央号召“大种十边”（沟边、塘边、路边、宅边、坟边、荡边、渠边、厕边等），以应对暂时遭遇的自然灾害。我等这班小学生还没有想明白“大种十边”到底是怎么一回事，工人新村的大人们就已经开始了“自己动手，丰衣足食”的大行动。

仅三两日，房前屋后，窗下路边，东山墙、西山墙的空地上，但见锄影飞舞、汗珠溅地，家家户户削竹为篱笆，各自割据为界、自成天地，分别种上了鸡毛菜、落苏、毛豆、辣椒，甚至还有种黄瓜、丝瓜、西瓜的！

工人新村地处近郊，工房与工房之间的空档又大，“大种十边”的先天条件极佳。父亲自也不甘落于人后，围垦了东山墙下的一方土地，先是响应政府号召种上了“既可增加社会财富、支援国家工业建设，又能增加人民收入、改善人民生活”的蓖麻，后又突发奇想地种上了竹笋。

种竹笋是一件趣味盎然的事，很适合男孩子好动的性格。父亲和我一起汗流浃背地先在地上挖了一个深深的大坑，然后找来了许多枯枝落叶，点火焚烧后浇上水任其腐烂，这就算制作成了一种叫作“草木灰”的肥料。填上大坑后，即在上面埋种竹笋。父亲说，待到春雨一洒，这竹笋就会在泥土下面乱穿乱钻，别看只种下不多的竹笋，到时候就会长成竹林呢！果不其然，春去秋来，真的长成了一片小竹林，秋风怒号，竹梢乱点头，诗情画意俱生。

只可惜，百密一疏，加上操作终究不怎么熟练，造成了间距过密，竹子统统长成了细细长长的豆芽状，身材虽然挺拔，却没什么实用。父亲这一回可露了馅，原来他根本不是一个合格的农民，干农活跟我在同一起跑线上——他全是从书本上照抄照搬过来边干边学的，尚处在摸索的学徒阶段，刚起步呢！

那时候为了配合形势，上海文化出版社出版了一整套果蔬种植和家禽养殖的书籍，三分钱一册、五分钱一本，薄薄的。后来，父亲还种过别的菜蔬，记得我和同学专门为此去过江湾镇种籽商店购买鸡毛菜、小堂菜的菜籽，两分钱一大包，真便宜。

当时，家家户户还十分起劲地响应号召，大力开展了养鸡、养鸭、养鹅事业。当然，就差一点儿没有养猪、养羊、养牛、养马了，因为实在弄不出那偌大的猪圈、羊圈、牛棚、马厩，要不然新村的田园风光肯定达标。而今遥想当年盛况，真是工人兼职当起了农民，农村越界跨进了新村，天上地下一片好风光！

当年虽然没有"宠物"一说，但是时日一久，人自会与饲养的小动物产生感情，而且情深谊长。前几年，据说有一位港台歌星的宠物是一只大公鸡，有人不理解，宠物犬、宠物猫、宠物鼠、宠物兔已经够了，为啥还要来个不着调的"宠物鸡"呢？然而，我能深深体会他的感觉。因为当年我养的就是"宠物鸡"小黄和小黑，它们是两只小母鸡，小黄有一身黄灿灿的羽毛，星星点点的"雀斑"有序地散布在两翼上，而小黑通体呈墨色，唯颔下有几羽白毛飘扬，真的漂亮至极，说是鸡中美女绝不为过。

当然，说来自私，当年不像今日豢养宠物这般目的单一纯真，还是很实用主义的，为的是可以吃上它们每天下的蛋——大多时候父母是用鸡蛋去调换家里更为紧缺的匮乏物资。平心而论，我应该表扬小黄和小黑，毫不夸张地说，它们在这方面完全担当得起“劳模”的光荣称号——一般情况下，每只鸡每天能够持之以恒地产下一只蛋已属不易，而它们竟然经常在一早一午或一早一晚各自分娩两只蛋！在那个自然灾害的年头里，我承认，确实蛮有满足感和自豪感的。

每天一早上学之前，我去打开鸡窝的门，喂上一把从菜市场捡来的菜皮，而后不用撵，它们自会抖动羽毛，一格一格地从三楼的楼梯跳呀跳地下到一楼，然后奔进草丛里玩耍去了。中午放学回家，我站在门口一叫“小黄”“小黑”，它们自会钻出来，跟着我的脚步上三楼，乖乖地爬进鸡窝里。当它们用响亮的“咯嗒咯嗒”的声音来向我报喜时，那肯定是各自在鸡窝里留下了一枚鸡蛋，摸上去还热乎乎的。在得到一些碎糙米糠的奖赏之后，它们就又径自下楼白相了。一到天色暗了下来，根本不用我操心，它们自会主动登上一级级楼梯跳跃着回家，倘若房门关着，还会用尖尖的喙轻轻地啄门，叫唤人开门呢！这两只鸡，乖巧，通人性，绝不亚于今日之宠物犬！

永远忘不了小黄悄然离去的那一天。那一天，我放学回家，只见它把头深深埋在翅膀里，卧在树下一动不动，我一时误以为它在睡觉。“小黄，小黄……”我连连叫了几声，它不醒，也不动。我上前一碰，它赫然倒下，身躯已然僵硬。在它的身下，静静地躺卧着一枚清亮的粉色鸡蛋，仿佛是一个圆圆大大的告别句号……我哭了，用滴在鸡蛋上的一串泪珠，寄托一个人类朋友的哀思。那时，是一个秋天，我念小学五年级。

那个年代，还有更为悲惨的故事，是有关一只鹅的。

第四章

困难时期·鹅鹅鹅

副食品

第四章　困难时期·鹅鹅鹅

1

在我大约小学三四年级，某天课间休息时，二联小学的广播喇叭里开始不断播送一篇表扬稿，历时足足一个多礼拜，说的是某某同学兄弟俩在上学路上捡到了20斤粮票，拾金不昧，交给了老师。这某某同学兄弟俩正是我们班上的，他们是双胞胎哥俩，姓名如今已然有些模糊了，依稀是姓邵或姓赵，绰号却记得分明："大块""小块"。于是，他们一下子成了班级典范、学校明星，就连走在学校操场上、教室走廊中，都免不了把头抬得高高的、胸脯挺得直直的，让人们看到他们胸前的红领巾在神气活现地飘扬。是的，他们有足够的理由骄傲和自豪。

今天的年轻人不能明白当年这20斤粮票的价值。那时候，居民们的粮食是定量凭票供应的，每家每户都要拿着发给的购粮证去附近指定的米店用粮票买米，并且每个月的大米和洋籼米都是按一定比例规定供应的。粮票的发放基本上是按家庭成员的不同结构发放，学生、社会青年、家庭妇女等无工作人员之类每月18斤，干部27斤，工人则按不同工种自27斤至34斤不等。

需要特别说明的是，一切点心类食品，包括饼干，都是要收粮票的。哪怕是大饼、油条，也照收不误。上饭店吃饭，交粮票！到路边摊来一碗阳春面，交粮票！如果没有粮票，寸步难行，什么都免谈！有一段时间，个别糕点曾经放开过，免收粮票，但是加收钞票，明明是很高的黑市价，偏偏美其名曰：高级糕点。可以说，凡是牵涉到“民以食为天”的“食”字，万般皆下品，唯以粮票为大！

邻里有户人家，每个月省吃俭用，想从嘴边抠下一点粮票好“活络活络”，比如去换几个黑市鸡蛋、两尺布票什么的（那时候，大到柴米油盐酱醋茶，小到肥皂、草纸、火柴等，都得凭票供应）。不料丈夫出差，忘了把当月的20斤上海粮票从兜中取出，待到回沪才发觉已然过期作废了，这一来真是让人急得双脚跳！

面对家中供不应求的大人孩子吃饭的现实，这户人家除了把购粮证上供应的大米定量让给别人，交换对方的粮票，比如一斤大米可交换得一斤半籼米，就只能进行“地下非法票证交易”，用香烟票、豆油票、肉票、蛋票、糖票、布票等去交换粮票，甚至动用钞票去黑市购买粮票。最后一招便是大人把裤腰勒紧，能少吃尽量少吃，能不吃尽量不吃，绝不能让正在上学的孩子受饥挨饿。饶是如此多管齐下，直至半年以后方才缓过劲来。20斤粮票，实在是一个巨大的面值。

记得上海粮票除了“斤”，尚有“两”为计量单位：五两、二两、一两，直至半两。据悉，全国各地发行的地方粮票中，最小单位均无此例，所以“半两”粮票是最具上海特色的。它可以买一根油条，或者一碗小馄饨，或者一碗白粥，再或者一块蛋糕……不少外地朋友曾问，这是不是体现了上海人“精乖”的一面？以“半两”粮票论，是不是有点太小家子气？就油条而言，大多地方均为一两粮票一根，武汉最夸张，二两粮票一根！初始，我也不解。后来去了南北方诸地，一见当地的油条（有叫“油炸果子”的），几乎吓了一跳：哇塞！好大的个儿，抵得上上海油条的数倍！怪不得收的粮票也往上直蹿了。当然，也有地方是论斤称，而不是以“根”出售的。

据资料云，自1959年开始，上海市场的副食品供应全面紧张，对白菜、萝卜、葱、蒜、副食调味品、糕点、糖块，也采取按人口分配、限量供应或凭票证供应的办法。此后，限量供应或凭票供应的种类逐年增加。三年经济困难时期，为保证人民的基本生活需要，上海市区商业部门发放的各种商品供应票证多时达53种、141个票面。按人

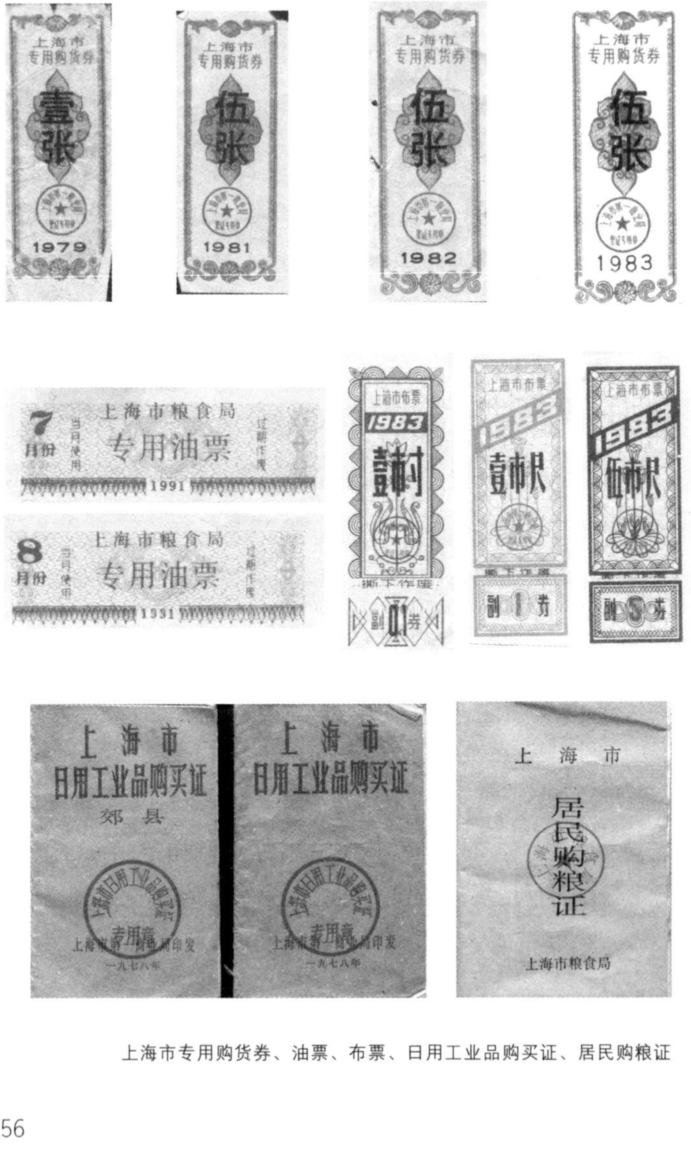

上海市专用购货券、油票、布票、日用工业品购买证、居民购粮证

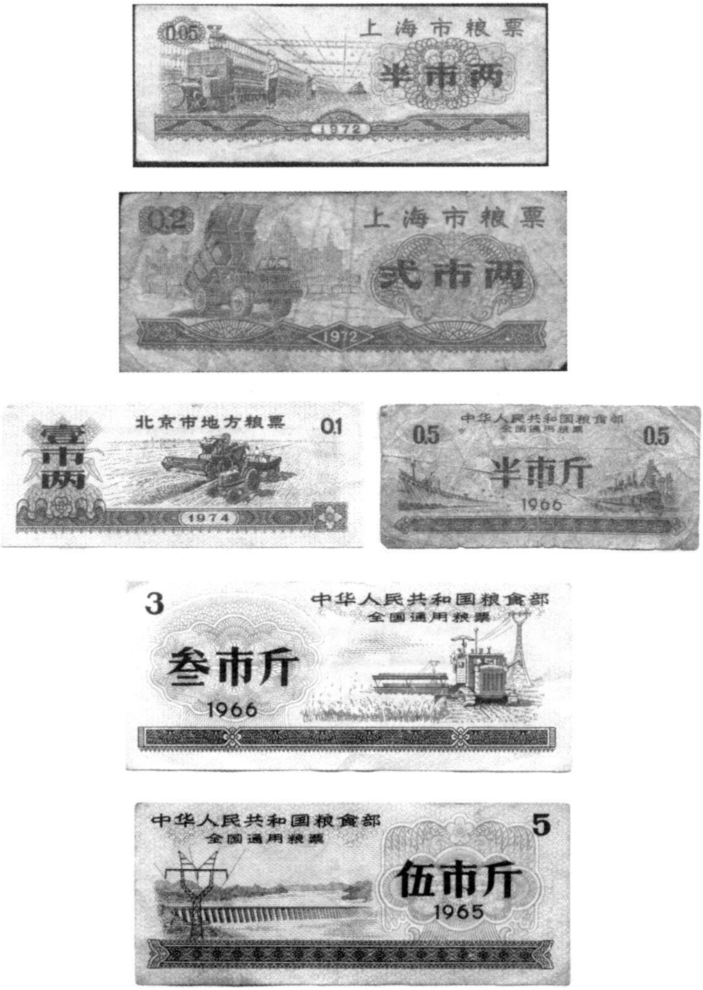

上海市粮票、北京市地方粮票和全国通用粮票

或按户分配的票证，由粮店代发。粮票是到20世纪90年代初才取消的，油票、肉票等则在20世纪80年代中期就开始逐步取消了。

2

小学生涯可谓人生的第一课。其中最为难忘的是，每天大清早，天还没亮时，去小菜场里排队买菜。

那时候因为物资匮乏，不少人家常常要提前在小菜场里通宵排队，排队的奇特形式也只有那个时代的人才能想得出来。比如，前一天晚上便在豆制品售货摊前，一溜排地放满了砖头、篮子、凳子，全不见排队的人，偶尔有一个人影匆匆赶来，瞥一眼地上的这些物什，伸出手指数了数他那破篮子前面的“人数”，大概没看到插队加塞的人，便又放心地离去了。原来，这些砖头、篮子、凳子全都是排队的“人头”！

第二天早上三四点钟开始，菜场便一点点热闹起来，至五六点钟时，已是人头攒动，几达沸腾。晚来的人都在拼命寻找自己前一夜“排队”的家什，一旦发现被早来的人排挤到不知什么角落去了，便大声嚷嚷开了，一定要挤进队伍里去。除非有人证明他是排队的，否则谁也不肯让这个赤佬“插队”！依稀记得，那时常常是隔壁人家一起去排队的，一旦产生了矛盾，全部是一帮子邻居齐上阵，手舞之、足蹈之，喉咙乓乓响，谁怕谁！

最初，我是随着父亲去的，后来便成了单干户头。其实，你去得再早、排队再在前面，小菜场副食品供应的品种、数量也仅是杯水车薪，人人只得干瞪眼。在迄今挥之不去的印象中，我买到最多的小菜是又粗又厚的卷心菜菜叶和酸味扑鼻的豆腐渣，而不是现今的卷心菜和豆制品。这菜叶和豆腐渣可都是当年的抢手货！更惨的是，好不容易排到了，满眼望去，连一根菜叶、一片菜皮都没有了，那真是兴冲冲拎着空篮子去、灰溜溜提着空篮子回，这就使我颇为气馁地想到那句经典的歇后语：竹篮打水——一场空。

永远记得孩提时代的那一家国营菜场：杨家浜的“双阳路小菜场”。每天早晨抢滩小菜场的后果便是，上课隔三岔五地迟到，理所当然地受到班主任的批评。后来，她终于知道了真相，竟也无语。因为，我并不是班上绝无仅有的那一个。

穷人的孩子早当家。在暑假里，我常常暗中观察母亲烧菜。记得有一天父母下班回来，突然看到桌子上我烧的红烧落苏、炒鸡毛菜、番茄汤这几种极其简单的小菜，喜出望外地夸赞说："儿子懂得心疼父母了。"后来，我还学会了和面粉、擀面、做面条，擀饺子皮、包饺子，让一家人都享受到了我这小小少年的手艺。

那时，放学以后，我常常去石家浜的小河边挑野菜、挖马兰头、掘荠菜等，一直到日落西山，但见竹篮满了，才兴高采烈地回家。母亲常常把野菜做成包子里的馅，包子蒸熟了，一闻，三分香；一咬，七分鲜；两个字：好吃。母亲的手很巧，当馅子用完了之后，便把剩下的面粉捏捏弄弄，两边各安上一颗赤豆的便成了小兔子，头上捏两个角的便是小牛儿，还有龙、蛇、虎、豹和骏马。

班级里也有个别同学去河边用长竹竿打捞"猪草"（一直没搞明白是何种水生植物），卖给饲养场几分钱或一毛钱一百斤。我时常见到一个女同学和她的母亲挑着一大筐一大筐的"猪草"咿咿呀呀地从河浜那头走过，往往正值傍晚时辰，仿佛将一轮夕阳驮在背上。听说她的父亲早逝，家境欠佳。

这些，都定格成了今生今世记忆深处的永恒画面。

穷人家亦有穷欢乐。每到父亲"关饷"（发工资）的日子，他总会去买上一些凭票供应的猪肉让全家开一次荤，后来才知道他买的尽是五花肉。猪肉加上一大锅青菜一起烧，那香喷喷的味道从锅盖下一个劲儿往外冒，直令人馋涎欲滴！一端上桌，母亲便开始进行每个人几块红烧肉的限量分配。这是一家人最开心的时刻。此景此情犹在眼前，然而如此美味已荡然无存——如今不管多上品的美味佳肴，都再也寻觅不到当年的那般滋味了。

犹记得，在那个幸福的时辰，连奶奶也会咧开缺少门牙的嘴笑。奶奶是在我念初中二年级那年去世的，给我留下的最深印象是：每当我生病发高热时，她便会在碗里装上水，放在门槛中线上，而后举起一根竹筷，蘸水四洒：魂归来兮，大孙子呵……说来也怪，我的病情就在奶奶的喃喃祝祷中渐渐转轻向好……

每到过年的时候，父亲总会在一大早就匆匆出门。他是赶去八埭头买春卷皮——当年的春卷皮可是个稀罕物儿，唯有春节那几天才供应。或者，他便是去三角地小菜场买菜了——据说那儿供应的菜类品种齐全，虽然一样凭票供应。其实，父亲骨子里是个很讲究生活品质的人，只是限于条件罢了——一个普普通通的工人，哪来这么多的讲究？说到底，不过是穷讲究而已。无奈父亲直至晚年，讲究的秉性依然不改。

3

有一年春天，父亲下班带回来一只硬纸盒，我打开来一看，竟然是一只小小的“鸭子”，黄绒绒的一团，仰头啾啾叫，真让人一眼便爱上了它。父亲说，它是鹅。可是，当我把这只很像鸭子的鹅捧出盒子放下地，它却一拐一拐、东倒西歪地朝前走路。

父亲说，厂子里的同事在厂门口买了它，放在车间里任它乱跑，结果不知它喝了什么脏水，顿时瘫在地上。同事说肯定养不活了，便把它扔了。父亲见它还有一口气，于心不忍，就将它放到了硬纸盒里，不断地给它喂水，这才渐渐有了转机，会叫了，也会走路了。

我更动了恻隐之心，立马把它捧在手里，奔向了石家浜的河畔田头。我当然不会想到，从这一刻起，我将充当一回“丑小鸭变天鹅”的见证人。也许，这就是命中注定的那一份缘。起初，我把它捧在手心里；后来，放在竹篮里；再后来，用一根细长的青竹竿赶着它走；到最后，它会十分自觉地一摇一摆地紧紧跟着我。

随着时间的推移，“丑小鸭”很快便褪去了那一身黄绒绒的胎毛，长出了硬硬的雪片似的羽毛，仿佛换上了战士的戎装，越发漂亮了。它的个子也一个劲儿地往上蹿，变得既高大又威武，尤其是头上那一冠红红的顶戴更增添了几分战士的魅力，故而好斗，动不动就把长长的脖子笔直一伸，“吭吭”大叫着，奋不顾身地朝一切胆敢侵犯它领土、领空、领海的不速之客直扑过去，十分威猛。

春去秋来，“丑小鸭”早已出落成为漂亮的天鹅。我时时目睹唐代诗人骆宾王的《咏鹅》在眼前化作了一幅隽永的图画：“鹅，鹅，鹅，曲项向天歌。白毛浮绿水，红掌拨清波。”当然，它的食量也很惊人，脖子一探，“唰”地一下，一大片青草便下了肚，如同割草机一般。眼瞅着它常常吃得脖颈处的直线鼓了出来，犹自不停顿地大快朵颐。

挑野菜时，它是我形影不离的好伙伴；它在小河里抖动一身雪白的羽毛嬉水时，我是它的铁杆粉丝；日落西山时，它一边伸长颈昂首“吭吭”叫唤，一边拽我的裤腿催我回家。于是，它在前头带路，我挥舞着竹竿在身后跟随，上桥，下坡，越过马路，走进工人新村，一直到步入家门，它自会乖乖地钻进窝去。好通人性的小生灵呵！我们俨然成了一对好朋友。

然而，天有不测风云。那晚，我好像是做了一个梦。隐隐约约听到动静，似乎是母亲在叹气，说：“你要把鹅卖了，可儿子怎会舍得？”又是一声叹息，仿佛是父亲，说：

“不卖怎么办？天凉了，送当铺的秋衣要赎出来了……”忽然又像是奶奶的声音，说：“尤师傅要买，我看还是今天夜里就送过去吧，明天当着孩子的面，你们做爹当娘的怎么下得了手……”一切都是若隐若现、飘来浮去，仿佛是真的，又好像是假的。只缘我那晚太困，怎么也醒不过来。唉。

虚无缥缈的梦忽然变成了残酷的现实。第二天一早，我刚睁开眼睛，先是听到父亲像在和谁吵架似的大声说：“哎呀！这鹅，鹅怎么不见了？”接着是母亲惊慌失措的声音：“啊呀呀！是不是给黄鼠狼偷走了？”奶奶好像在跺脚：“怪不得昨天晚上我老是听到吱吱嘎嘎的声音，一定是黄鼠狼干的坏事！”我连忙下了床，父亲母亲一起奔了过来，说：“鹅，你的鹅，给黄鼠狼偷走了！”

我的眼泪一下子就下来了。我抬起头看着他们，父亲的脸色陡然变得像冰一样寒凝三尺，母亲的脸色如火一样红透半边。我想起了昨夜的梦，开始号啕大哭。奶奶慌了，迈着小脚急急赶了过来，一会儿埋怨父亲没有关好鹅窝的门，一会儿让母亲今儿个晚上一定要逮住黄鼠狼，而且一边唠叨一边抓起毛巾为我擦去泪水。这天，我破天荒没有去小菜场，没有去上学，也没有去挑野菜。

我知道尤师傅的家。尤师傅是父亲的师兄弟——听说他们在厂子里学电焊工技艺时拜在同一位师傅门下，至于谁是师兄谁为师弟，我已经记不清楚了。从这天以后，我上学、放学总是要绕过尤师傅的家，虽然要多走两条马路。远远地，我总是驻足不前，久久凝望。

有一天放学，我径直走到尤师傅的家门口——仿佛大白鹅有灵，在冥冥之中召唤我。于是，我看到了一堆雪白的鹅毛，在晚风中飘洒，一地凄凉。夕阳点点，羽羽鹅毛瞬间被染成了片片血色。我逃跑似的奔回了家，哭了整整一个晚上。

一个破碎了的童年梦，从此犹如影子一样伴随着我一天天长大。

个人的故事总是离不开自身所处的家庭和环境，而家庭和环境又与当时的时代息息相关。

上海国棉十七厂电焊培训结业留念，父亲为后排居中者

第五章

抓特务·资本主义尾巴

1

每一个时代都有属于自己的流行色。譬如，如今的追星一族被唤作“粉丝”，动辄人数以千万计，因为当下已踏进了网络社会。我们小时候也有自己的明星偶像，如赵丹、金山、金焰、孙道临、刘琼、周璇、上官云珠、秦怡、张瑞芳、白杨、王丹凤、王心刚、王晓棠、浦克、张伐、石挥、冯喆等。若是有同学从照相馆或地摊上偶尔购得一帧明星的黑白小照，抑或是十余位明星上下左右拥挤地排列在同一张五寸照片上，尤其是20世纪二三十年代的阮玲玉、徐琴芳、胡蝶、胡珊、白光、王人美、黎莉莉、李丽华等，则全班会为之轰动。与今日身价千万却仅各领风骚三五天的影视明星们相比较，他们可谓是“常青树”了。

那时候，学校组织观看的电影大多是富有革命教育意义的，如《上甘岭》《铁道游击队》《党的女儿》《李双双》《红色娘子军》《女篮五号》《今天我休息》《大李小李和老李》《51号兵站》等。男同学大多爱看反特电影，诸如风靡那个年代的《寂静的山林》《羊城暗哨》《古刹钟声》《天罗地网》《徐秋影案件》《国庆十点钟》等，但这一类电影偏偏学校组织得不多，实在要看，唯有自己掏腰包了。

大概是受了这些反特影片的影响，我们男孩子当时满脑子都是“抓特务”。结果，有一天晚上，真的遇上了“特务”。记得那是夏天，我们几个邻居兼同学正在纳凉，看到一个腋下夹着皮包的青年男子围着前面一幢工房转来兜去，立即引发了我们这些男孩的高度警惕，纷纷围上去询问。

可想而知，我们的语调肯定算不上十分友好。那青年男子颇为警觉地看了看我们，忽然问：“你们都是少先队员吗？”在得到了肯定的回答以后，他笑了，说：“你们能保守秘密吗？”见我们大惑不解，他犹豫了一会儿才说：“我在执行任务，我是公安局的便衣警察。”

这句话对那个年代的男孩来说，无疑是点燃了一把英雄梦之火！所以当青年男子把执行的秘密任务摊开时，我们不禁咧开了嘴、瞪大了眼，几乎连气都喘不过来了——原来他监视的是对面工房二楼顶头的那一间，一对老夫妻外加一个女儿，这女儿可是重点对象，说白一点，具有“敌特”嫌疑。

哇呀呀，这还了得！我等男生自是听得“火从心头起，怒向胆边生”，个个热血沸腾、摩拳擦掌！接下来，我们十分荣幸、万分激动地接受了一项光荣任务：立即潜入那幢工房的二楼，把这一家子的一举一动、一言一行随时汇报给这位“公安局的侦察员”。

这一下可忙活开了！一会儿“老头上马桶间”了，一会儿“女儿在灶披间热饭热菜”了，一会儿“老太去汏浴间汏脚”（汏，吴语方言，意即“洗”）了。总之，情报源源不断地传递给了“侦察员”。“侦察员”也很忙，要把这些情报一本正经且郑重其事地用钢笔沙沙沙地记录在小小的工作手册上。

就这样，大家一直忙忙碌碌到了这户人家关门熄灯睡觉为止。“侦察员”很感激我们，临离去时说，他这两天还会来执行任务，到时候还要请大家来帮忙，任务完成后一定联系学校表扬我们的“抓特务”精神。

于是，从第二天晚上开始，大家就望眼欲穿地开始了神圣的等待。说来也奇怪，这位“侦察员”同志不知怎么回事，恰如断了线的风筝，一去再无音讯。可是，我们连续几天晚间的兴奋却引起了几位女同学兼邻居的高度注意和刨根问底，但人人都咬紧牙关严守秘密，直到一个礼拜之后才说出了真相。这也怪不得我们，一是“侦察员”再没出现，二是谁也抵挡不了女孩子的叽里呱啦。

谁也没料到，我们的神秘故事换来的居然是哄堂大笑，有一位好像叫作“黄玲珍”的女同学几乎笑岔了气，最后赠送我们的是两个字：戆大（傻瓜）！

为什么是“戆大”呢？女同学的谜底十分简单：真正的公安局侦察员哪里会如此轻易地暴露身份，还会让你们这些小赤佬去轧闹猛？此人肯定是个大骗子，保不准是和那户人家的女孩轧朋友被淘汰出局来找扳头的！

事后想想，不能不承认这几位女同学言之有理。而且，据我们后来隔三岔五的仔细观察，那个据说有“敌特”嫌疑的人家一直在太太平平过日脚。之后，我们再也没发生过这种滑天下之大稽的笑话。

这么一个近乎天方夜谭的故事，放在今天显然是毫无意义的，但这就是我们的童年故事，它当之无愧地属于那个纯真年代。

2

后来，我讲给了父亲听，他只是“啊啊”了两声，什么也没有回答，其实他也无法回答——那时他正披着一大块白色围布，坐在楼梯口的一条长板凳上剃头。

给他剃头的是一个身材略胖的女人，旁边地上放着一只分辨不清颜色的旧包，里面是各式理发工具。每当她从新村里走过，我们都叫“剃头的来了”，大人们都很客气地叫她“剃头师傅”。不过，她的行为举止却有点鬼头鬼脑的，一旦有人叫住她剃头，她总是像做贼一样东张西望，并且从来不在光天化日下的屋山头给人理发，而是走进大门在楼梯口摆摊头，柔声说：“你们这幢房子里还有啥人要剃头吗？叫他们一起来。”

还别说，剃头阿姨的生意来得挺好，不消片刻，楼上楼下就传遍了，她1室、2室、5室、6室地排队挨着叫老王、老李、小张、小孙，蛮熟门熟路的。我问父亲，你们为什么这样欢迎她？父亲还没开口，隔壁爷叔就朝我翻了一个大白眼，说，便宜！

当时，我们这班工人子弟理发大多去杨家浜的剃头店，两位剃头师傅一个长脚、一个矮子，名气蛮响的，可谓无人不知、无人不晓。剃一个头，仅需几分钱，大人们当然要贵上一点。原来，剃头阿姨剃大人的头，也只收小孩一般的费用，是“便宜”。

“便宜”的剃头阿姨确实怪怪的，一旦给大家剃好头收好钱，立马就慌慌张张地走人，仿佛后面有根无形的鞭子撵着她似的。这是为什么？大人们无人回答我。但是，终于有一天，我亲眼看到了。

一个戴着居委会值班袖章的老阿姨冲进了楼梯口，一把揪住剃头阿姨，说："跟我去居委会一趟!"剃头阿姨吓得浑身簌簌发抖，急忙抓起地上的理发工具包，掏出里面所有的纸钞递了过去——我看得分明，一大把尽是几分钱的纸币——连连求饶说："不敢了，下次不敢了……"

一大群人，剃好头的、没剃好头的以及等待剃头的，全围了过去，开始帮剃头阿姨求情。不料戴袖章的老阿姨立场坚定、斗志昂扬，大喝一声，说："你们搞搞清楚，这是投机倒把行为！而且，她是从甘肃大三线建设工地逃回来的，没上海户口!"这句话就像"尚方宝剑"出鞘一样，大家一下子都傻了似的看着她发呆，无人敢再发一言。

就在这时，谁也没想到，剃头阿姨突然低下头去，勇敢地往那揪住她不放的手臂上咬了一口！在戴袖章的老阿姨吃疼放手的那一瞬，剃头阿姨拔腿就逃！她当然逃不掉。反而被直接揪到派出所去了。后来，听说被遣返回甘肃了。

再后来，我才知道，剃头阿姨是支内人员家属，是跟随老公去支内的，大道理是"为国家分挑困难重担"，小道理是"实事求是的穷"，也许是一时贪图那几千块钱的支内安家费（这在当年可是一笔巨款呵），就把一大家子的户口从上海迁出去了。岂料到了甘肃顿时傻眼了，明明被告知是迁往内地的国营大工厂，眼前偏偏是横横斜斜、破破败败的竹篱笆围绕着的一片荒凉土地，连厂子的影子也找不到！夫妻俩一商量，当即连夜携家带口逃回了上海……

不知道这是不是极个别的个案。几年以后，已到了“文化大革命”时期，我在新村里突然又见到剃头阿姨拎着又破又旧的理发工具包，依然是畏畏缩缩的模样，见了我便挤出一个可怜巴巴的卑微笑容，说：“你爸要剃头别忘了叫我一声，啊？”

这时我才知道，剃头阿姨的丈夫混进国营工厂做了一名临时工，还参加了声势浩大的“上海市临时工外包工革命造反队”。据后来的发展形势来看，这些临时工在1967—1968年全部转正成了厂子里的正式职工。犹自记得，当年的我也曾为这位女理发师的命运改变而暗暗祝福。

3

除了电影，我们还接触到了戏剧，虽然仅仅是一些皮毛。

我曾和几位同学长途跋涉去上海市少年宫观看儿童剧《马兰花》，这是朱良秀老师对优秀同学的奖励。这么多年过去了，至今犹记得那首脍炙人口的儿歌“马兰花，马兰花，风吹雨打都不怕，勤劳的人儿在说话，请你马上就开花”，还有那只很坏的老猫逃到观众席中被无数少儿观众“群起而攻之”的场面。

在一个秋高气爽的下午，学校组织全班同学去秋游——白相“大世界”。号称远东第一大游乐场的“大世界”，除了闻名遐迩的十二面哈哈镜让人捧腹，各个楼面场子里京、昆、淮、越、沪剧，滑稽、评弹、杂技表演更是精彩纷呈，令人过足戏瘾。也许是观众众多拥挤不堪，也许是一晌贪欢，到夜半全部演出结束时，方才发觉在一起的同学仅为三五人。恰同学少年，又哪里识得几多愁滋味，一路有腔无调地胡乱唱着“秋季里来菊花黄……吹动了我的破衣裳，朗里格朗格朗里格朗……”居然大老远地一路步行回家，直到夜半三更方才回到控江新村。

其实，最让我难以忘怀的是到父亲厂子里去看节目。当时的电视节目并不是全天候的，唯有晚间才播放。每逢放暑假或者放寒假，我总会拖着弟弟和妹妹，踏着一地蛙鼓蝉鸣，去父亲的厂子里看一回电视节目（那年头，即便是9英寸的黑白电视机也是极为罕见的奢侈品）。那时，父亲已经从国棉十七厂调到了位于营口路佳木斯路的纺建公司下属单位（也就是现在的黄兴公园这一片土地）当电焊工。

记忆中，我们这些职工家属夹杂在刚放班洗了澡甩着未干头发的青年女工中间，望着前方锁在一只木板盒中的电视机，等待着电视播放的神圣一刻。好不容易等到手持一大串钥匙的工会主席穿着木拖板来了！好几回，这位工会主席在按下电视机按钮的时候，总会莫名其妙又肆无忌惮地放出一串响屁。没人笑。我偷偷看了看左右，人人都听而不闻，仿佛根本没这回事。犹能回想起来的，便是电视机中播放的喜剧片《满意不满意》、苏联经典芭蕾舞剧《天鹅湖》等。

另外比较难以忘怀的就是“摔跤晚会”了，父亲厂子里好像有一位业余摔跤运动员，个子又高又大，有一回请来了一帮运动员级别的摔跤手进行友谊较量。在摔跤运动尚不普及的当年，可算令人大开眼界了。在那个晚会上，我第一次明白了什么是“自由式摔跤”“古典式摔跤”和“国际式摔跤”。后来，我还将它煞有介事地写成了一篇洋洋洒洒的作文，被语文老师作为范文当堂朗读了呢！

4

应该说那个时代的工人新村的地位还是较高的，家家户户安装管道煤气算是上海滩比较早的，在 1957—1958

年，一下子就让工人阶级甩掉了落后的煤球炉，再也用不着和煤球、煤饼、煤粉、火钳、火柴、芭蕉扇以及引火的木柴纸屑、浓烟黑灰打交道了。在20世纪50年代，管道煤气完全是一种奢侈品。印象中，唯有上只角（总体来说，旧上海时期的上海法租界和上海公共租界的西区大部分与中区属于上只角）的上流人家才有资格享受这般待遇。

尤为让人羡慕的是什么呢？政府赠送给工人新村每家每户一只煤气木架、一只煤气灶，连煤气表都是单独的，一户一表全独用。抄表员每月一次抄好各户人家使用的煤气量，当场开好费用单放在煤气灶上，由用户拿着去营业所缴费，价格是7分钱一个字。据悉，彼时的上海是全国第一个使用煤气的城市。

不过，火表、水表就没这么幸运了，不是独用，是合用。工人新村一个门牌号里的3层楼12户人家，合用一只大火表、一只大水表，一个月由一户人家轮着抄水表、电表，而后挨家挨户收取水费、电费再去交。这样轮流下来，12户人家基本上一年轮到一次。后来，加层到5楼，一共20家，每户人家差不多一年八个月才轮到一次。

因为大水表是合用的，就不能不殃及我母亲所做的活计了。那时，她还没有被“解放妇女劳动生产力”的阳光普照，没有在任何一家单位参加工作——哪怕是里弄加工组，只能靠给厂里工人洗工作服补贴一家的生活开销。这样一来，母亲生怕楼上楼下的邻居有意见，无法在合用灶披间里的自来水龙头下洗，便天天拎着两只铅桶去杨家浜的河边洗工作服（我进厂以后才知道，洗工作服这一行当是厂里照顾困难职工的）。

那时，母亲经常带着还没来得及上幼稚园的我弟弟去河边。结果有一回，经过杨家浜废品回收站时，突遇停在门口运送废品的三轮车轮胎爆炸，据说当时有钢圈、钢珠从我弟弟的脑袋旁呼啸飞过，差点要了命！好在不久之后，父母便将我弟弟送入国棉十七厂幼稚园。弟弟胸前围上了一块白围单，围单上沿别着一方小小的绣花手帕，让我这个从未进过幼稚园的哥哥羡慕得很。

5

在我填报初中志愿的时候，社会上掀起了“到边疆去，到新疆去，到祖国最需要的地方去”的热潮，号召对象大多是无工作、无学业的社会青年。记得在我周边就有刚刚小学毕业就告别家乡、告别爹娘的人，一个姓秦的女同学报名走了，还有一位邻居也去了新疆（后来成了塔城地区的检察官）。他们或许是不想再在教室里捧着枯燥乏味的书本继续读下去了，或许是想去更广阔的天地中闯荡一番。记得后来有一部长篇小说《军队的女儿》，还改编成了电影《生命的火花》，依稀就写了这类故事。

而我在这时和绝大多数同学一样填报了中学志愿。那个年代工人子弟的家长们完全没有如今家长的超前意识，什么“不要输在起跑线上”“一定要报考重点中学中的重点”之类的概念统统不存在，甚至连个像模像样的参考建议都没有！只有同学之间的口口相传：控江中学、上海中学相当不错，但是对考分的要求相当高，一般成绩的人根本想都不要想。

我暗自估量了一下自己的语数成绩（当年仅这两门主课），上海中学（市重点中学中的重点）是不敢想了，那就把一般的市重点控江中学作为第一志愿吧，至于第二志愿填什么学校，心中就没底了。也是机缘巧合，适逢一邻居，是我们上一届的，巧舌如簧地向我邻居、同学大肆推介了双阳中学。据他的说法，双阳中学的前身是杨浦师范，师资力量雄厚，绝对不会输给控江中学，比二联中学、永吉中学等要好上许多。言之有理。其时这位邻居正在双阳中学求学，是1965届的。结果，我就这样从第一志愿跌落下来走进了双阳中学。

前些时日，有同学董宏山、杜频建等发起了同学聚会，墙上赫然贴有大字“1963—2013　50年有缘相聚”。一见面，不觉大为愕然：或许她是某某男生当年暗恋的靓丽少女，如今陡然已是缺牙少齿的白发老妪；或许他是众多女生往昔抬头仰望的英俊少男，今日倏忽已成了让人惨不忍睹的“老菜皮”。一念及此，禁不住仰天长叹：岁月的风刀霜剑啊，何等地犀利又何等地残忍，怪不得人唤“杀猪刀”。

记得开学前，母亲要为我赶做一只大书包，那是用父亲的帆布工作服改制的。一直到开学的前一夜，母亲还在灯下忙碌着。工作服原本是白色的，要染色，要裁剪，还要缝纫。最后那一夜，因帆布厚实，缝纫机一踩上去就断针，只得改为手缝。为了这个，母亲手上挨了好几针，母亲边吮血边说：“看你这个伢子啊……”至今忆及母亲，不知怎的便想到了那几句隽永的诗：慈母手中线，游子身上衣。临行密密缝，意恐迟迟归。谁言寸草心，报得三春晖。

早在小学时代，母亲便为我改制过衣服，而我却早已忘记了。前些年偶遇的一位小学女同学，提及当年经常看到我穿的一件衣服是由披风改制的，“老拉风的！”女同学在时隔几十年之后这样赞叹道，终于令我想起了那一件童年的披风。家贫，母亲心疼儿子，总希望儿子穿得漂漂亮亮的去念书，便将童年的披风改成了小学生的衣服。

母亲于2013年9月4日23时20分仙逝于安图医院，享年96岁，如今唯有将永远的隐痛和忆念遗赠给了她的儿子……

呜呼哀哉！

6

意料之外的是，我的第一篇中学作文，竟然得了75分！若以五分制的分数计，只能算作3分。我的第一任中学语文老师虞老师，原是学校图书馆管理员，大概不太欣赏我作文的构思以及遣词造句，由她批改的我的作文，一个学期下来，大多维持在这么一个水平线上——最低的仅70分，最高的也只有84分，从来没有到过85分。说来也怪，她在后来不再教我们语文了以后，竟然在上劳动课时直接点名让我去校图书馆修补图书，说是让我多看看书，以后可以多写出一些优秀的作文。她说，其实她有意压低了我的分数，是为了让我能够写出更好的文章。当时，我完全不理解她的心意，甚至有点怨怪她。

但无可争辩的事实是，在整理图书、修补图书的过程中，我确实阅读了许许多多的好书、新书。印象中有不少古今中外的民间故事，诸如《中国民间故事》《非洲民间故事》《亚洲民间故事》《外国民间故事》《捻军传说故事》《太平天国传说故事》《动物民间故事》《不怕鬼的故事》等，大概是那一时间国内正时兴搜集民间故事的缘故吧。同时，我借机阅读到了不少长篇小说，如《新儿女英雄传》《铜墙铁壁》《保卫延安》《火车头》《风云初记》《三里湾》等。

虞老师离开后，其继任者是班主任张葆英老师，她总算对我的作文有了一些适应性的好感，批的分数大多在 80 分以上，最高的竟达到了 90 分。如果我的记忆没出差错的话，应该是这么个分数线。“文化大革命”开始前，她被调往靖南中学，好像是先担任教导主任，后为校长。

记忆深处一直铭记着张葆英老师上的第一堂语文课：许地山先生的《落花生》。她一点一点由表及里地从花生说到人生，使学生们大为震撼。张葆英是位很严厉的老师，上课不苟言笑，但也鲜有当场“现开销”（上海方言，意即“马上行动”）的批评教育。我和大多数同学都应邀去过她家白相，她家在控江东三村，那委实是间斗室，一室户。印象极为深刻的是，房间里和床底下都堆满了报纸和杂志。她很为拥有这些报刊自豪。可惜我已经忘了那些报刊的具体名称。

印象更为深刻的是张葆英老师那种颇为特别的教育方

法，很艺术。王鹤鸣的数学成绩蛮好，但上课捣蛋、下课顽皮，不少老师为之头疼。有一次，他的数学考试得了满分，张葆英老师居然和同学们敲锣打鼓地到他家报喜，次日即向全班宣布王同学为数学课代表！这一招立竿见影，王鹤鸣被彻底“招安”，从此成了好学生。还有一次发生在鄙人身上。有一回期末考试，我的英语成绩破天荒考砸了，得了29分，一塌糊涂！后来想来，可能是当年英语既不算主课也不参加高中升学考的原因吧，我便理所当然地没有重视了。谁也不会想到，张葆英老师居然向全班同学宣告说，这肯定不是管新生的真实成绩，我相信他！结果到了下一学期，我的英语成绩便从29分呈三级跳远式地蹿到了92分！这样的事，谁若遇上一次，都会一辈子忘不了。

后来，张葆英老师被调去教导处当了领导，不再给我们上课了。到了初一下学期或是初二上学期的时候，来了新班主任姚国逊老师，他是教代数、几何的，同时也是排球场上的一把好手，弹跳力上佳，拦网、扣杀均为主力队员，而且风度翩翩，英俊潇洒，衬上一副“前冲三”的飞机式大背头，称得上是名副其实酷得要命的帅哥。还来了一位刚从上海师范学院中文系毕业的高才生倪继光，担任语文老师。倪老师总喜欢和学生们海吹神聊，经常提到与鲁迅同时代的作家姚蓬子，说他“给我们上课时总是说得天花乱坠、唾沫四溅”。

这时，发生了一件令我终生悔之不及的事。初一开学时，我居然在操场上遇见了一个正在踢足球的男生——他就是那个自告奋勇带着我追寻窃贼并慷慨解囊赞助我教科书的长白男孩。我们认出来了彼此，原来他是1965届学生。可惜，我们仅交谈了几句，他便奔去足球场上踢球了。后来，也有过几次匆匆相见，但均无深谈，直到离开双阳中学，便彻底失去了联系，迄今只记住了他的姓：王。

那个年代的孩子对此似乎并不当一回事，委实是他们当时没有觉悟，或曰不“开化”。于今，唯有一声长叹空对月：桃李散落拾亦迟。当然，“年轻人犯了错误，上帝都会原谅”，这是伟大的列宁同志的语录。

7

就在那个夏季，懵懵懂懂的我告别了小学，踏进了中学，人生就此掀开了崭新的一页。

时为1963年。

许多年过去，我终于明白了一个道理：没有任何背景衬托的普通人家的工人子弟，无论前行还是后退，无论成功还是失败，无论生死还是荣辱，都注定要在那一片荒芜的泥泞地上蹒跚前行。

关键是，应该选择什么样的道路？又该如何去行走？并且能够持之以恒地走到生命的尽头？

这，才是人生应该考虑的首要问题。

第六章

竹笛横吹·学工学农

1

岁月犹如橡皮擦，常常轻而易举地擦去了不少浮光掠影般的往事记忆，然而却永远擦不去那些在生命长河中刻下了美丽印痕的回忆。一切恍如发生在昨天。

那是中学时代的第一堂音乐课。音乐老师李家齐走到黑板前，重重地写下了一行字：音乐是什么？同学们的回答各有千秋。有的说唱歌，有的说1234567，还有的说小蝌蚪、五线谱……李家齐老师终于把他的答案重重地写在了黑板上：音乐，战斗的武器！

这对那些刚刚踏进中学大门的孩子们来说，不啻一道耀眼的闪电。起码，我的感觉如是。从那天起，我们的音乐课就成了革命歌曲的战场。现在回想起来，当时的李家齐老师正年轻，几年以后，他才和我们的物理老师共结秦晋之好。改革开放新时期后，他调往了杨浦区总工会，还出任过沪东工人文化宫的领导。

确实忘不了好几位教副课的老师。美术老师陈应时，当年画得一手好国画，每有同学求画，绝不推辞，总会一挥而就。我也在一个夏日求得了一长条幅图画：一树芭蕉，两个稚童在树荫下斗蟋蟀，旁边还有三两只雏鸡或歪着脑袋东张西望或在地上觅食。寥寥数笔，栩栩如生，画中景、物、人呼之欲出，令人爱不释手。还有那位极其认真、说着一口硬邦邦方言的英语老师，教生物的“小山东”老师，喜爱拿大顶的“番茄黄金瓜”（指其手臂上隆起的三角肌、肱二头肌）体育老师，等等。尽管有的已经想不起来名字，但这些老师依然给我留有深刻的印象。

中学时代的回忆，总是如阳光一般温馨、灿烂。

2

记得当时除了学习之外，又开辟了一个全新的项目，那就是学工和学农。

学工的厂子离学校不甚远，印象中一是黄兴路桥下的上海乳胶厂，一是永吉路上的杨浦食品厂。

我对去上海乳胶厂学工的经历记得特别清晰。那是阳光灿烂的一天，我们极不适应地呼吸着到处弥漫的橡胶味，跟着工人师傅来到了堆放着无数陈旧机械设备的空地上，每人领了一把铁刷、一团回丝，为那些拆卸下来的零散部件清除铁锈。至今也没搞懂弄通那都是一些什么设备，反正搞上一会儿，我们就已经满身上下都铁锈斑斑的了，尤其当微风吹过的时候，真有点儿“腥风锈雨”的滋味。后来我们又学工了几回，但就是没进过车间，听说那里有国防保密产品，每每有同学好奇地问起，答者总是语焉不详。

杨浦食品厂的情景则完全不一样，一踏进厂门，清香甘醇的糕点味道便铺天盖地地扑鼻而来。其时正值中秋佳节前夕，月饼即将上市，故活儿也特别轻松，男女同学团团围坐于一个个大圆匾前，细致地挑拣满匾的苔条、花生米或黄豆——将发霉变质的剔除出去，这便是学工的全部内容。这活儿偏偏让不少同学想起了端坐在方桌前的老奶奶，戴着老花眼镜忙忙碌碌——比如刀夹螺蛳，再比如翻拣小菜，又比如淘米前拣出那些混在其中的小石子、小土块，等等。

最后一次学工简直让人惊心动魄。那是 1967 年的冬天，我们各自手持盖有学校鲜红大印的学工介绍证明，自行去联系工矿企业学工。记得我和好几位斗志高涨的同学连续几天跑遍了号称“工业区”“工厂区”的大杨浦，尤其是军工路上大大小小的工厂企业，不料均被几乎同一色的铁板面孔拒于千里之外，口径都是两个字：不要！

那一天，一直跑到天色完全暗了下来，肚子饿到了极点，情绪也沮丧失望到了极点，有同学便愤愤然地发起了牢骚："我们学工劳动又不要他们一分钱工资，凭什么拒绝得像对待讨饭的叫花子？不去了！"回想起来，那一派天真烂漫的革命干劲真让人感动得涕泗滂沱。而今，还有谁能无私地怀揣一腔热忱，一厢情愿地用热面孔去贴冷屁股？

终于，我们被逼得不得不使出了看家的本事——纷纷投亲靠友、插队落户，找上在厂子里讨生活的爸爸、妈妈、娘舅、爷叔，到厂里去混一口饭吃。这，也许便是源远流长的中国社会底层的传统使然罢——前门走不通，后门畅通。毕竟，国人还是以关系与感情为重的。

就这样，我来到了父亲的厂子里，跟着他这个电焊师傅学起了烧电焊、烧汽焊，同时也有求必应地到厂部办公室，一边享受煤球炉送出的暖气，一边抄写大字报。别说，我还真的学到了一些焊接知识：何为鱼鳞纹，何为波浪纹，在技术上孰高孰低，以及怎样焊接铁管、钨钢，甚至铝质的汤婆子……我还结识了父亲麾下的四个女徒弟，大徒弟居然亦姓管。

至今犹记得厂子里有一位玩摄影的葛秀峰师傅。听父亲说，葛师傅颇有些家底，也不知是不是"小开"出身——那年头的摄影要买胶片、洗印、放大，玩的全是人民币。偶尔翻检旧相册，竟然还保存有一张葛师傅的作品：画面上

前排为父亲与他的女徒弟，后排挎相机者为葛秀峰师傅

是戴着工作帽、穿着工作服的父亲端坐于长条板凳中间，旁边坐着他的四位女徒弟，背后站着班组里的七八位工友——自然也有脖子上吊着一架照相机的葛师傅，背景则是一架高高耸立的塔吊和几排影影绰绰的厂房。

如此这般地义务劳动了足足两三个月，直到学校一声令下“复课闹革命”，方才结束了这一场红色历程。

3

时隔不久，我们又在学校的安排下，打起背包、扛着铺盖行李，来到了一江之隔的浦东农村，与农民同吃、同住、同劳动，开始了学农。

学农其实可分为两类。一类是客串型的，当天劳动结束后各回各家，地点大多在学校附近，如营口路观音堂路（现为佳木斯路）的远东生产大队、五角场的浣纱浜生产队等；另一类属于扎根型的，不能回家也不能离开，起码要在农民家中住一两个月，和农民一同出工，地点大多在浦东，如居家桥下去一点的东沟，远一些的则到了川沙附近。

那时候的男生女生，但凡家境好一点的，除了带上一包又一包的零食之外，家长常常还会让他们带上一听“炒麦粉”——其实也就是下锅炒过的面粉，无论是干吃还是用开水冲了吃都可以，不但味道香喷喷，而且充饥。这也成了后来去外地插队落户的男生女生的最爱。

炎炎夏日，我们和农民一起在打谷场上，或用脱粒机，或使连枷，打谷脱粒，尽管每一位同学都高度警惕地扎紧了领口袖口，但依然被稻穗麦芒弄得痛肿不已；深秋季节，我们在农田里摘取一骨朵一骨朵云絮般的棉花，远看犹如扑蝶采花人；冬日农闲，我们把挑粪桶变成抬粪桶，一前一后两个人“嘿哟”“嘿哟”地抬着走，步态便很快变形成了扭秧歌，饶是如此，肩膀还是会不争气地红肿，甚至连手臂都无法再抬起；暮春时节，我们在田头野地里收获一季一熟的蔬菜，享受着与菜农一样的欢欣喜悦。

我们扎根到农民的家里，睡在那些横斜着铜钩、低垂着帐幔的古董红木大床上，有时农户还会热情地让出新娘子、新郎官的新房给我们安营扎寨，那满腔的热忱实在让人感动。城里待久了的人住到乡下真好，听不到乱七八糟的汽车喇叭声和市井嘈杂声，就像沉浸在梦里一般，直如世外桃源。当然，有时候我们也会就地睡在一通草席铺就的地铺上，时不时地会有青虫从席子下面钻出来爬到我们的身上取暖——若是在女生宿舍，则常常会引起一阵尖叫；

而男同学要冷静许多，随手一抓，恶作剧似的扔向对面同学的床铺……

偶尔，也会有让人紧张的事情发生。有一晚，一屋子的同学刚睡下，一道耀眼的手电筒光和老师突然发出的惊惶声把大家惊醒了。原来，女生宿舍晚上点名时，忽然发现少了一人。于是，大家全都起来找，提上手电筒、拎起木棍，冲向村头屋尾、河边田野。那一晚的折腾真令人心惊胆战，直到夜深了，还有星星点点的灯光在不停地游弋，和天上跌落的月色相映成趣。突然有人欢呼，找到了！找到了！原来，那位女同学和女房东在邻家小楼上海吹神聊，竟致忘了时间！虚惊一场。

后来的又一次学农，一场惊险却发生在了我的身上。适值夏日，中午时分，按农村惯例，此时再也无人下地干活，连老黄狗都趴在了树荫下憩息。男生们忍不住忙中偷闲，纷纷跳下河去游泳，当一回惬意的“浪里白条”。我本无意下水，因为原来也只是在室内游泳池扑腾过几下子，但禁不住同学们的起哄，而且他们将一个大大的篮球塞进了我的怀里，承诺左右“护航”，我这才忐忑不安地下了水。

那河面倒也不宽，无风无浪，于是我抱着篮球一路踢踏着向对岸划去。眼看着已经过了河中央，胜利在望。说来也怪，不知怎么回事，这时被我环抱着的篮球滑溜了一下，我心中一个惊慌，连忙重新抱住了篮球，但依然连连喝了两大口水！幸得几个一直在旁边护航的同学——董宏山、刘仁义、徐雪荣等不离不弃，大力将我推向了岸边，终致化险为夷，顺利抵达了彼岸。阿弥陀佛。

4

在浦东学农的日子里，难以忘怀的还有一个下雨天，我们和农民一同放假，于是三五成群地去了一趟川沙县城，坐的是小火车。全程是从黄浦江边的庆宁寺到川沙县城，称为上川铁路。

小火车是用锅炉蒸汽机牵引的，路基上两根铁轨的间距比一般火车窄，大概由四到六节车厢组成，车厢也比较小，两边各有一条长座椅，犹如今日地铁的车厢座位，只不过是用木板条制作的，座椅上方有窗户可以通过上下推拉来开关。

每逢靠站时，就会有很多农民带着当地的农副产品上车。沿途是一望无垠的田野阡陌，眼前不时闪过七八荷锄人影、三五红头巾飘逸。“呜——呜——”火车行进时发出的嘹亮汽笛声声回荡。一个小时一个班次，对开方向的列车在邵弄和曹路路段交叉而过。头班车大约在清晨4点多钟出发，末班车在晚上6点钟至8点钟之间出发。最低票价为5分钱，最高为2角5分，我们买的是多少钱的车票，已然记不清了。只记得那天很晚才回来，大家玩得极为尽兴。

而今，川沙小火车早已不见影踪，仅留存在20世纪的记忆中了。不过，这川沙小火车却是大有来历。民国十三年四月，黄炎培、张志鹤、顾兰洲等招股集资15万元，成立上川交通股份有限公司（简称上川公司）修建铁路，董事长是黄炎培，经理是顾伯威。民国十五年七月，竣工通车。抗日战争期间，公司车辆、路轨均被日军毁坏。民国三十四年九月，公司由上海市公用局接收，同月发还上川公司继续民营。1953年12月，呈文申请公私合营。1954年9月，组建成公私合营上海市浦东公共交通公司。1975年11月，上川铁路停运，铁轨随即被拆除，原路基改建成了上川公路，开始通行公交汽车。

两条轨道线，铺就了一部民族资本家的爱国励志史。

5

记得那时的语文书上常有“子曰”之类的孔孟之道文

本，每逢不甚理解之时，往往求教于父亲。父亲在新中国成立以前念过私塾，在那个年代的工厂里算是有点文化的人，母亲也在1956年扫盲运动中摘除了文盲的帽子，基本上能识字读报。间或有人曰母亲不识字，大谬也！犹自记得在“文化大革命”中一次居民楼的学习会上，母亲说了一句“毛主席的著作照得我心里亮堂堂的”，尽管那时我并不理解其中的深意，却也说明了当年她们这一代人都在班组里学《毛泽东选集》、天天读报纸的。相信经历过的人都会记得，班组“天天读”乃是当年工厂里流行的一种先进经验，说是那个时代的时尚也不为过。

且不说父亲总是对我有问必答，而且还引经据典直奔《四书》《五经》，甚至兴致勃勃地说起了《三国演义》《水浒传》中的故事，终于引得我兴趣盎然，连连问他在哪里可以买到《四书》《五经》。岂料他居然面有难色，一时语塞。我当然不知道，这在20世纪60年代是一道时代级的难题。在我的再三追问下，他才说：“礼拜天带你去四马路看看吧。”四马路，福州路也，是一条文化街。我们父子俩去了便直奔鳞次栉比的旧书店，结果可想而知，一无所获，这等当年被列入“四旧”行列的图书自是被扫落到不知什么角落里去了。

其实也有收获，父亲领着我游逛了南京路，在先施公司、中百一店乘坐了自动电梯，见识了泰康、老大房、邵万生诸多品牌吃食店，顺便还在第一食品公司吃了白灼蛋，并且从旁边的盐罐中蘸了一点细盐——不知怎的，此情此景居然让当时的我脑海中浮现出童年骑在父亲肩上在马路拐角处的一家影院门口吃莲蓬的情景，甚至还浮现出奶奶带着年幼的我坐在常德路的弄堂口等着挎竹篮的小贩来叫卖“三北盐炒豆”的场景。

收获终究还是有的，我们从旧书店买了一些代数、几何的参考书，几分钱一本。后来，当我积攒了几毛的零用钱，又一个人去了福州路，淘得了几本旧杂志，如《上海文学》《收获》《萌芽》《新疆文学》等，十分便宜，也就是几分钱的事罢。

6

很快，我升入了初三。当时学校组织我们先后观看了话剧《年青的一代》、淮剧《海港的早晨》、电影《生命的火花》、纪录片《军垦战歌》，那一曲脍炙人口的《边疆处处赛江南》迄今仍在耳畔回荡。

其实，那时作为学生的我们不甚清楚，这是在为我们的行将毕业作“战前”总动员，或者换一种说法，是在敲响正剧开场前的锣鼓点儿。学校还特地将从双阳中学的前身杨浦师范毕业后去西藏地区工作的师兄师姐们请回了学校，在大礼堂为我们作“好儿女志在四方”的报告。

接着，我们又一次打起背包走向浦东，开始了学农——我们都以为，这是中学时代的最后一次学农了，可谁也没有料到，原本应该在1966年毕业的我们，因为“文化大革命”的开始，被延迟到1968年才进行毕业分配，而且毫不客气地被取消了升学考试，其间自是增添了无数回学农——记得有一天，我们正在田头劳动，忽然下了一阵雨，但很快就雨过天晴，我们的地理老师调侃了一句：“这个雨，是从太平洋上飘过来的……”话音未落，顿时引起了一阵哄笑。

不幸的是，这位我如今已想不起姓名的老师竟然一语成谶——当时上海《文汇报》（1965年11月10日）发表了姚文元的文章《评新编历史剧〈海瑞罢官〉》，我们班好几位喜爱舞文弄墨的同学都在问老师可不可以投稿参与讨论，因为报纸上正在热烈欢迎展开大辩论呢！老师很暧昧地不置可否，只是淡淡地笑笑，没有正面回答——也许，很多年前的反右运动已然把他们吓破了胆。谢天谢地，没有一个同学投稿，否则很有可能在不久的后来招来大祸。这当然不是天真的玩笑话。

是的，是从太平洋上飘过来的风和雨。只是，尚在岸边自由自在逐波戏水的鱼儿、尚在课堂里那一张张课桌前苦吟诗书的莘莘学子，可曾嗅到了一丝天崩地裂、海啸将临的气息?

此时，距离《五·一六通知》的出台，仅有六个月的时间。

第七章

风乍起·吹皱春水

鲁迅小说选
欧阳海之歌
马克思传
火红年代

1

尽管“文化大革命”的暴风骤雨即将降临，但在一个普通学校的普通初中生的眼中，生活依然显得那么平静。

我照样在按自己的野路子写作文。虽然有一回被语文老师很高调地批评为“小资产阶级情调”，甚至在整个年级中掀起了一股不大不小的波澜，最大的浪花便是有不少其他班级的同学在教室门口朝我指指点点，仿佛在动物园里参观老虎、狮子一般。我偏生迟钝得紧，几乎没什么反应。

我依旧待口袋里有了丁点儿的零用钱，便去福州路淘旧书。有一次直至用光了最后一分钱走到车站时方才如梦初醒，布贴布的衣袋里已拿不出那5分钱汽车票、3分钱电车票的钱了，只得从福州路旧书店徒步走回控江新村。

那一年春节，控江文化馆上映徐玉兰、王文娟主演的越剧戏曲片《红楼梦》，我孝顺地给父母买了两张票，恭祝父母新年快乐。那时，我还买过李少春主演的京剧戏曲片《野猪林》的电影票孝敬父母。追忆他们的一生，父亲钟情京剧，母亲偏爱越剧。

学校里的文娱活动照常进行。我们兴致勃勃地观赏了同班同学王一鸣和王一民（因方言读音相同，我们便称之为大小“王一民”）的相声《错别字》：放学回家，“天变了”，一不小心写成了“天弯了”；一进家门，迎面是“大炕”，偏又错成了“大坑”……现在想来，作者大约来自北方农村，南方的城市、乡村均不具备“大炕”这类条件。是的，我当时曾在什么杂志上拜读过这篇作品。

当然，学校的阅报栏中还是有一点让我等学生忐忑不安的气息——围绕《海瑞罢官》的讨论已经发散开去，清官与贪官孰是孰非的争论愈演愈烈，螺旋上升到了“上纲上线”的层面。忽一日，一位积极参加讨论的中学生在本市一家大报上发表了好大一块版面的文章，说我们平日游戏的军棋，为什么军长可以吃师长、师长可以吃旅长和团长？难道无产阶级的排长就打不过资产阶级的连长、营长吗？依稀记得，该报还为此加了一节醒目的表示支持的编者按，黑体字。

呵呵，学术讨论的氛围已然日渐变味。

2

可怜我等这些“一心只读圣贤书，两耳不闻窗外事”的学子，此时犹如“不知有汉，无论魏晋”的桃花源中人，依然在全力以赴地埋头复习迎考，并且开始填写升学报考的志愿表——这大概可以视为大战前最后的宁静了。

也不知是哪一级部门定下的规矩——升学的第一志愿必须填新疆生产建设兵团，于是学校开始了毕业班总动员，要求人人明确表态。这一时期，有人大吵大闹，坚决不去！也有人大写血书——其实人人心中明白，他们是极少数成绩不大灵光、升学无望的同学。

临到填写志愿书的那一刻，班主任忽然想起似乎遗漏了一个名叫“管新生”的学生——是唯一没有被动员过的“漏网之鱼”，顿时心急火燎地奔到我的课桌前，一边伸手按住了表格，一边问我的态度。我心里十分清楚不填“新疆”是不会放过我的，于是我说当然和全班同学一样喽。班主任犹自不放心，直到亲眼看着我把“新疆生产建设兵团”填在志愿书上的第一行，方才放心地一笑，走了。之所以成为被遗忘的人，是因为我在班上属于“没有声音”的那一类。

天气越来越热，报纸上的革命烈火也越燃越烈。就在这时，一件改变我等应届毕业生命运的大事发生了！6 月 18 日，《人民日报》刊出了高考改革的通知，决定将 1966 年的高等学校招生工作推迟半年进行。

在最初的目瞪口呆过去之后，同学们清楚地知道了，升学考试暂停了。然而谁也没有想到，这“暂停”的定格居然会长达 11 个年头，直到 1977 年年底恢复高考。

印象深刻的是发生在我家隔壁邻居身上的事情。这位邻居姓孙，或者姓沈，反正上海人的发音属于口齿不清，z、c、s 从来不分，前鼻音、后鼻音一天世界（上海方言，意即“一塌糊涂”）。孙先生是一位商店职员，衣服穿得“山青水绿”，头发梳得路数清爽，苍蝇叮上去也要滑一跤；足蹬一双小牛皮三接式尖头皮鞋，目光向上，一条时髦的有棱有角的小脚裤，堪称十分登样。虽是中等身材，既不高大也不威猛，但毕竟英俊潇洒，腔调蛮浓。

此君有一嗜好，每天早上必去合用的卫生间如厕，必手持一份《解放日报》在厕上抑扬顿挫地吟诵一番，必得 15 至 20 分钟尽兴，方才伴随着一阵隆隆的冲水声步出卫生间。后来才得知，原来他是一位业余诗人，且时有大作见诸报端。稍大一些时，我读到一则外国谚语：诗人在远方是伟大的诗人，诗人若成了你的邻居，那他就是一个笑话。

我不作如是观，我很敬重孙先生。

那一天，大约在下午，蓦然见孙先生披头散发地拎着断成两截的皮鞋，狼狈地赤足奔进了合用的灶披间，一脸惊惶，魂不守舍，语无伦次地说："不像话，太不像话了……"原来，他遇上了一群手持"革命"大剪刀的中学生，二话不说便把他油光锃亮的奶油大包头剪成了阴阳头，把他的尖头皮鞋、小脚裤全部给剪断绞碎了，两条笔挺的裤腿变成了如同"遥看瀑布挂前川"一般丝丝缕缕的布条飘荡！扔给他的全部赠言是一句"革命"口号：破四旧！此情此景令人永远难忘。时至今日，依然记得孙先生那惊恐万状的眼神。

学校已经不再上课，老师们不知去向，学生们响应伟大号召纷纷秉承"造反有理，革命无罪"，全国的杂志先后关门停刊。父亲曾经希望我学医，为此订阅了《中华护理》杂志，因专业性太强我看不懂，后改为订阅《少年文艺》，但此时也停刊了。还有更为稀奇的事，那时新村的垃圾箱里经常发现被偷偷扔掉的一包又一包金银首饰，不但无人认领，而且无人敢捡。

学生们放羊了，不上课了，于是自娱自乐地成立了各种各样的战斗小组，自发的任务是：今天去复旦大学、同济大学抄写大字报，明天就用油印机印成传单四处散发。

几个同学和我也占据了一间教室，成立了一个小组，并且在很大的白纸上写了大字，贴在教室门口，名曰“鸡蛋碰石头战斗组”。“鸡蛋碰石头战斗组”果真如鸡蛋碰石头，一磕一碰便呜呼哀哉，在这世界上仅仅存在了一个星期。

不过，我个人却忽然有了一个小小的收获。在被砸烂的遍地狼藉的学校图书馆里，我从地上捡到了一本书，那是李瑛的诗集《红柳集》，信手一翻，看不太懂，但还是当仁不让地带走了，此后居然成了我学习写诗的范本。

于是，一切就此停息。大家一个立定，向后转，解散——统统解散到家里当上了逍遥派，每天逍遥自在地躺在自家床上手不释卷地看被批判的“毒草书”。当然，“毒草书”的封面一律披上了伪装。比如《青春之歌》的封面成了《鲁迅小说选》，《激流三部曲》摇身一变成了《马克思传》，《红与黑》很滑稽地成了《欧阳海之歌》，等等，不一而足。事实证明，这是那个火红年代中唯一正确无比的抉择，既不当保皇派，也不做造反派；既不用担心被火烧，也不用忧虑被人秋后算账。真好！

3

就在那个从“鸡蛋碰石头战斗组”脱身的深夜，我家里忽然接到了派出所的电话：外婆去世了！（当年，仅有传呼电话互通信息，半夜时分传呼电话站已经关门，所以由派出所为人民服务了。）

外婆长年居住在曹杨新村的舅舅家，从小到大，每年春节的常规节目便是由父母带着我们去枣阳路兰溪路的曹杨四村给外婆、舅舅、舅妈拜年，同时和表兄、表妹欢聚一堂。母亲姓董，她的这位三哥比她大了好多岁，直到科举制被废除了还在朝思暮想考取秀才、进士。据说，他也确曾参与了科考，至于考试的名次成绩则不甚清楚。大江东去，秀才梦终究碎了，新中国成立后，他进了国棉二厂当上了工人。不过，当初父亲将他介绍进厂时仅为临时工，但他干活很卖力，被军代表看到了，大为赞赏，一声令下，立即转成了正式职工。

外婆的去世令我很伤心。小时候，她时常来我家小住，每次离开时不免要瞒着我，因为我老是不愿放她走。总记得，在午后，一觉醒来，方才发觉外婆已悄然离去，每每以号啕大哭作为悠长的离别曲。这一回，外婆真的走了，永远不再回来了！虽然她高寿八十有七，但我依旧难以抑制地悲痛。（后来方知，外婆的逝世日与诞生日居然为同一日：9 月 16 日。）

在我们举家奔丧的日子里，学校的形势又变了。某一天，当我再去学校的时候，遇见了全班第一批去北京串联的同学凯旋，个个眉飞色舞地海吹神聊，人人踌躇满志地大谈特谈北京见闻：从名胜古迹到街头小吃，从清华、北大到白塔、颐和园，最震撼的是天安门城楼上毛主席接见红卫兵的故事。好令人羡慕！最重要的是什么呢？那就是只要凭借一只红卫兵的袖章，即可免费去北京，并且一路免费吃住。当下全班同学再也按捺不住，决定立即出发，向着伟大的首都北京前进！

说干就干，我们各自回家，拎起放了几件替换衣服的旅行袋，带上不多的几块钱钞票和十斤八斤的全国粮票，就和一群同学出发了。当然也有去不成的，那就是父母不放心，尤其是女同学的家长。记得当时有不少同学想去，结果集合的时候竟然不到半数。记忆中仅有刘仁义、周玲奇、乐天放、顾富祥、惠荣富、徐元宏等人，没有女同学加盟。

果真，凭着“上海红卫兵”这一只红袖章，我们太平无事地上了火车！那是一个晚上，上海直达北京的列车。在火车鸣响汽笛开出上海北站旱桥的时候，我们激动得无法自制，只是在心底一遍遍欢呼：我们来了，北京！我们来了，太阳升起的地方！

4

汽笛长鸣，火车飞驰。苏州、无锡、常州，车窗外的灯火如流萤般闪过，车厢内瞬时明瞬时暗，如同拉洋片。到了南京已是白天，著名的南京长江大桥还在建造之中，要待两年之后的1968年才竣工通车。我们乘坐的列车停了下来，几节车厢几节车厢地折叠排列着乘船摆渡，从长江的此岸横渡天堑到了彼岸浦口，这才继续高歌猛进。记得火车越往北走，车厢越空，我们的空间也越来越扩张，最后每个人都占据了整整一条三个座位的长椅，可以躺下来睡觉。一路通行无阻！

一走出北京火车站，迎头便见到了专门迎接来自全国各地师生的接待站，大卡车一下子把我们拉到了口号喧天、红旗飘扬的北京体育场，在那儿统一安排大家的住宿。我们被安排在了鸦儿胡同小学——西城区鸦儿胡同25号（近日上网查询得知，另一处在西城区鼓楼西大街63号），教室全部成了临时宿舍，桌椅讲台全然不见了踪影——享受到了统一睡地铺、领膳食的共产主义。

才住下来没几日，水土不服的毛病便渐渐显露出来。喝惯了用氯胺消毒的黄浦江水，哪里习惯得了皇城根下的自来水，一个字：硬！于是大多数同学身上出现了一颗颗红疙瘩的过敏症状或风疹块。除此之外，上海人的主食以米饭为主，而此时派发的尽是馒头和窝窝头（发的窝窝头金黄金黄的，导致我很长一段时间错误地以为天下的窝窝头均如此，后来方知此乃上等的窝窝头，差的则是黑糊糊、由树叶掺米糠做成的）。这样一来，岂不是雪上加霜？

据医生的说法，是当地的水质及饮食结构改变破坏了肠道菌群原有的生态平衡，导致胃肠道紊乱，因此出现腹胀、腹泻等症状。兼之北京十月的天气极为干燥，不逼着南方人出点儿洋相就不善罢甘休——今天你的嘴唇开裂了，明天他的鼻子流血了。反正，总算让头一回离开故土的我们遭了磨难、开了眼界。

更让我们开眼界的是北京的柿子——盆柿，个大，像苹果一般可以用刀削着吃，与上海的软柿子完全不一样，以前从来没见识过。

第八章

逍遥派·练武习文

抓革命促生产齐头

1

“秋天到了，天气凉了，一群大雁往南飞，一会儿排成个人字，一会儿排成个一字……”这是记忆深处小学课本上隽永的一课。1966年10月下旬，我们也如往南飞的大雁一般，纷纷离开北京往上海返回了。因为天气真的凉了，北京的深秋“实骨铁硬”，我们这些衣着单薄的南方学生娃哪里抵挡得住，请鸦儿胡同小学的革命师生接待站弄到了火车票后，便一路南下。

说是“一路南下”，其实是“一路下车”。班里的同学有的到天津便下了，说是去见识见识苦大仇深的“三条石”和闻名遐迩的“狗不理”包子；有的到济南和泰安下了，说是要去看看大明湖和爬爬泰山。总之，车厢里的同学越来越少。

记得我和顾富祥两人是到南京下的车，目的是去一睹雨花台、中山陵和总统府的真面目。谁也没料到，一住进接待的海军部队招待所，我便突然发起了高热，倒下了。

待得病情一有好转，我便立马打道回府返回上海了。委实，思家心切。当我扛着行李疲惫不堪地走进控江新村时，夜已深了。一眼看到那熟悉的屋东头三楼的灯光，我心头一热，眼里蓦地流下泪来：爸、妈，儿子回来了！

回到上海没多久，刘仁义同学忽然光临我家，问我想不想再去大串联大白相，说带队的是班主任姚国逊老师，班级中男女同学参加者甚众，这一回肯定不会有家长不放心了。我当然答应了。

临到出发前一天，我的负担陡然加重，我那1969届初中的弟弟（其时尚在读小学六年级）忽然缠着磨着也要跟着一起去，而且还有一个蛮不讲理的要求——他的铁哥们儿、家住二楼的邻居计隆兴也想去开开眼界、见见世面。耐不住他们的软磨硬泡，我这个好说话的哥哥便连夜去找了刘仁义，不料他竟拍着胸脯说："没问题，统统开路开路地干活（他大概看多了那时候尚可公映的抗战电影）！"

有人说我记性甚佳，犹自记得在5岁那年搬往控江新村的故事。其实，我童年记忆的极限便是我弟弟的诞生。

那时候，我们还住在常德路弄堂房子的后楼。一日，很突然地，家里的大人神色紧张地忙开了，奶奶和爸爸一会儿奔进、一会儿奔出。不多一会儿，几个穿白大褂的医生、护士便风风火火地奔进了家门。原来是母亲要生产了，估计是考虑不周或风云突变，一时来不及上医院了。

听大人们说，我出生在上海市第一妇婴医院，时间为早上五时许，天还没亮。据老辈人的说法，这时辰生人是一头一辈子忙忙碌碌的工作牛。在大医院出生的我一定很笃悠悠，不似弟弟这么突然、这么急忙地要来到人间。

永恒的记忆场景是在底楼通向后楼的那一架楼梯上，我想跟着奶奶、爸爸一起奔上去看看，却被护士拦住并赶了下去，只能很无奈地和几个邻居站在了楼梯口。不多一会儿，陡然听到一阵响亮的婴啼爆起，一个护士满脸笑容地奔了下来，大嚷着：男小囡，是个儿子！

这一天，时当 1953 年 6 月 9 日。至于是上午还是下午，我有些记不清了，很大概率是在下午。毫无疑问，这个记忆远远早于 1954 年的搬家。

在我的记忆中，还有一个定格的画面：底楼的一整面墙上斜斜挂着一杆巨大的秤。虽然无从考证其具体的年代，但也肯定早于搬家的时间。好像在 20 世纪 60 年代末我念小学的时候，母亲带我去老房子把这杆秤取了回来，后来便不知所踪了。

言归正传。且说第二天下午，我们一行三人如难民一般扛着行李、拖着大包小包，乘公交车赶到了彭浦火车站。只见人山人海的不远处，便是一列列静静卧在铁轨上的待发火车。走近车厢才发觉，原来竟是棚车！也许正规的说法是货车，按《铁道游击队》小说中的介绍则是铁闷子车。

扛着、拎着、提着行李，人挤人地上得车来，突然便觉得有些惨兮兮的：无论男女，不分老幼，人人只能一屁股坐在地上，根本没有可供憩息的火车硬座之类的板凳可言！四壁无窗无户，头顶一片漆黑，没半点光亮。更可怕的是什么呢？那就是厕所在哪儿呢！一问，有人挥手指向最暗无天日的角落，但见那里一袭芦席马马虎虎一围，进去才见赫然一只农家大粪桶！天哪，这还叫火车吗？

一会儿，高音喇叭响了，说半小时以后就开车；一会儿，高音喇叭又响了，说：革命小将们，现在更正前一个广播，本次列车一小时以后再发车。就这样，我们眼睁睁看着铁闷子车门外的天色一点点暗了下来。

也不知高音喇叭是第几回反复更正前一个广播时，我忽然在女播音员的播送声音中听到了一个十分熟悉的名字：管新生，请你下车，有人找！管新生，请你下车，有人找……这不是在找我吗？

我很艰难、很技术地钻出了人堆、钻出了车厢，站在了坑坑洼洼的泥地上（这儿根本没有上海北火车站的水泥月台）。正东张西望之际，陡然看到了一个再熟悉不过的身影！

呵，那不是父亲吗？

是的，是的，是穿着厂子工作服的父亲！

父亲也看到了我，当即大步走了过来。

我不知道父亲为什么要在这一刻赶来彭浦火车站，难道有什么事情发生了？

父亲没有回答，只是把一摞信封和信纸递了过来。我看了一眼，不禁一愣，那信封上已写好了上海家里的收信地址。接过来后信手一翻，只见每一只信封上都有这样的笔墨，全部是父亲的手迹。而且，所有信封的右上角上，统统贴好了八分钱的邮票（当年本地邮资4分钱，全国邮资8分钱）。

父亲朝我淡淡一笑，说，不要再像去北京那样，忘了给家里写信。说完，久久地看着我，似乎没话再说了。后来，他朝车厢里的弟弟和计同学招招手，又看了我一会儿，便转过身走了。

我捧着信封和信纸，不知是感动还是激动，一时间竟木讷得忘了说话，只是默默地看着父亲跨过铁道线上的一排排枕木。父亲走了，渐走渐远，缓缓融入那一抹越来越浓的暮霭中去了……

这个历史性的镜头一直深深铭刻在我的记忆深处。数十年过去了，总想着将它写出来，但自从读到朱自清的散文《背影》后，便一直不敢动笔。现在终于简洁地写了下来，陡然发觉这么多年的纠结却在行笔之间豁然开朗。原来我的故事与朱自清的《背影》是风马牛不相及的两码事，委实是一种过于良好的自我感觉在作祟而已，然而犹自不敢唐突，断不肯沾上“背影”二字。

那天到很晚了车才开，而且一路开开停停，不断地让其他列车优先通过。就这样，直到凌晨时分，方才抵达杭州。

2

依稀记得那夜是住在一家学校的大礼堂里。当大家洗漱完毕刚要躺下休息时，忽然有一个消息传开了，说是中央下达了暂时停止大串联的通知。这样一来，同学们顿时睡意全然消失，和姚老师一起投入了热烈的讨论，最后作出的决定是“红军不怕远征难，万水千山只等闲”，立即南下到最远的地方——广州或者云南，然后再慢慢向上海返回，一路串联、一路游山玩水，而且事不宜迟，必须说走就走！

次日一早，同学们和姚老师立即启程出发，果然走了个不见踪影，唯独剩下了我带领着两个小学生“拖油瓶”

挪不了窝、动不了身，待在了原处没动。不，还有一位不愿意继续串联的男同学徐雪荣（犹记得他的绰号是“坦克车”）也留在了杭州，和我们一起做伴。

也许是冥冥之中自有天意。不几日，邻居计同学突然腹痛难忍，被紧急送往了部队医院，诊断下来却是阑尾炎发作！现在想来，当时应该是采取了保守疗法，印象中不记得有开刀动手术之类的大动作。计同学住了10天左右的医院，享受到了“军民鱼水情”无比热情的优厚待遇，出院时还不舍得离去。无他，住院阶段的伙食好啊！细细想来，幸亏当时没有跟随大部队南征北战大串联，否则后果便不可收拾，而所有责任又岂是我这十六七岁的“嫩扁担”能一肩挑得起来的？

如此这般，我们便在“上有天堂，下有苏杭”的杭州，一一参观了西湖的三潭印月、花港观鱼、白堤、苏堤、断桥以及岳庙、灵隐寺、飞来峰、虎跑泉等名胜古迹——尽管大多是十分遗憾地隔着“破四旧”的革命封条遥看。记得灵隐寺一游，就是只能将眼睛贴在寺庙的门缝朝里探看，但只看到黑蒙蒙的一片，什么也没法看清楚。

一个月以后，我们“凯旋”，回到了上海，结束了这次“伟大”的串联旅程，我将“子弟兵”们毫发无损、安然无恙地还给了家长。

3

大串联戛然而止了，学校上课的集结号变哑巴了，老师找不到了，同学们各自散伙回家了，而“造反有理，革命无罪”的行动离我们这些普通学生又遥远了一些，于是“无政府状态”开始悄悄弥漫，反正就剩下了一句话：你愿干啥就干啥去。

那时候的工人新村，每到傍晚或晚上，常见三五成群的人在空地上聚成一圈，拎杠铃、玩石锁、练身体，成为一道独特的风景。任何一种风景，自有它的来历和渊源。当时不知什么缘故，新村里打群架成风，常常在突然之间，你还不明就里，便听得一声呼哨远远传来，但见一群年轻人挥舞着竹竿、木棍——后来发展到了铁棍、铁条——呼啸着向另一群正聚集在家门口或屋山头吹牛皮、嘎讪胡的人冲去！那群人见势不妙便一哄而散，片刻之后，也不知从哪里取出了藏匿的木棍、铁条，绝地反击般杀了个回马枪！顿时只见木棒交加、拳脚纷飞，煞是惊心动魄！

有一个镜头至今挥之不去。有一天，又打群架了。令我大吃一惊的是，冲在最前列的竟是我的小学同窗董同学！但见他冒着对方飞掷而来的雨点般的石头、泥块，手中狂舞着一支长竹竿，一路拨打一路前进，犹如今日电影大片中冒着敌方矢石飞箭奋勇攻城的勇士，那等气势、那般神勇，令人过目不忘。一阵震天动地的呐喊掠过，对方顿作鸟兽散，纷纷转身逃向了窝里厢……

初时，打群架者仅为中小学生，后来，队伍不断壮大，一批年龄更长一些的技校学生、青年工人纷纷加入，于是打群架也呈升级状态，火药味更为浓烈了。与之相映成趣的副产品也随之诞生，那就是这些打群架的几员健将大多练就了肩宽腰窄、臂肌胸肌发达的倒三角体形，一旦雄赳赳气昂昂地走过，每个人身后经常跟着两个天生丽质的妙龄少女，一时间倒也扎足台型，大大吸引了路人的眼球。于是，时有不屑一顾者在背后称之为“木壳子”“拉三”。或许，这就是“全民”练身体不成理由的理由之一。

有几个牛皮哄哄的邻居爷叔经常指着我像搓衣板的上身说笑话：你这种身体是单料头，风一刮就要倒下去！你看看人家，三角身体双料头！笑话重复说多了就不再是笑话，而是成了一把嘲讽的锥子，无时无刻不在刺疼你的心。

于是，在一个八月炎夏的下午，终于痛下了决心的我，约了两个小伙伴，徒步跋涉到了五角场后面的荒野，在一丘丘小山一般的废铜烂铁堆里，好不容易找到了两个状似杠铃片的圆形空心铁块，用事先带去的粗草绳穿洞而过牢牢捆绑，而后顶着烈日一路将铁块拖回了家。铁块很重，既拎不动也提不动，只能拖，像老牛拖破车一样，拖一段路，歇上一阵，喘上一口气。到家时的狼狈样儿，我至今难忘：满头满脸都是尘土铁锈，连衣服带裤子都在往下滴汗，手臂和背脊被绳索加上大太阳勒烤得火辣辣地痛。当夜，我便土法上马，制成了一副杠铃，和小伙伴们开始正儿八经地练三角体形。

从那以后，什么大汗淋漓、一滴汗水摔八瓣、每一根汗毛挑一颗汗珠等夸张状态，竟成了我的家常便饭。因为不论是练推举、挺举还是卧推，都一样吃力、一样让你大汗直流。

更厉害的是什么呢？我们还常常剥尽了衣衫，仅穿一条裤衩坐在火辣辣的大太阳底下，在一方方凳上走象棋、下军棋，从日上三竿晒到日落西山，一天下来，晒得头发冒汗、浑身冒油，白条条的皮肤从变红到变黑直至脱皮！

彼时我们根本不懂科学，流行的理念是晒得越黑越健康！这也许就是我那原本一身“浪里白条”的白皙皮肤如同秋季换装似的离我而去、不复回来的缘由吧？我们这些工人子弟，人人享受到了“同等待遇”，而且乐此不疲。不过，有一个绰号叫“大头”的邻居，却有一身永远晒不黑的好皮肤，甚至连一点点泛红都挨不上边，想想真是不可思议。

工人新村一幢幢楼房之间的距离虽然宽敞，但是每天一到下班时间，大门外、窗户下就来了好几摊练身体的人，不时发出五斤夯六斤（上海方言，意即“神气活现、不可一世”）地提杠铃、丢杠铃、抛石锁的咣啷咣啷声响，谁人吃得消？一如今日大跳特跳广场舞的朋友，岂不属于扰民一族？居民们便发出了抗议之声，不料练身体的人置若罔闻，听而不闻、视而不见，依然我行我素。日积月累，矛盾的烈火在地下悄悄运行，更在悄然中升级。终于有一天，冲突爆发了！

说来奇怪，这次冲突并不是居民首先发难，而是练杠铃的小青年向居民搞了一场“偷袭”。这中间的原因在于，那位居住在一楼的一个“大模子”经常会冲出来对练杠铃的人狠三狠四。不过也不能怪“大模子”，他是翻三班的工人，上班蛮吃力，下班需要休息。莫看练杠铃的人都是块块肌肉隆起凸出的倒三角身形，偏偏他们不敢去招惹“大模子”。这是为什么呢？听说“大模子”也是练功的，不过是另一条路子：气功。行家说，练武不练功，到头一场空。所以，别看练杠铃的人胸肌腹肌上的肉疙瘩堆得再多，那也没用，就是不敢惹火上身，一旦看见“大模子”气呼呼地奔将出来，就统统溜之乎也。

这就到了那一个夏夜，月色朦胧。练杠铃的人看准了这天“大模子”上夜班，已经暗中策划好，决定动手教训教训“大模子”。一般上夜班的人在吃好晚饭以后，还会好好睡上一觉，晚上10点以后才起床赶往厂子里。于是，他们看着“大模子”关灯睡觉、他的妻子拿个小板凳领着小孩出门乘凉后，又耐心地等待了半个小时，估计“大模子”进入梦乡了，就开始行动了！刚才还寂静无声的那一片窗下空地上，陡然响起了叮咚当啷的杠铃声，推举杠铃之人犹嫌不足，还爆出了“嘿嘿啊啊”的吆喝声！果不其然，“啪”的一声，“大模子”家的灯亮了。不一会儿，只见“大模子”睡眼惺忪地冲了出来！

来得正好，七八个年轻人围了上去，先是“文攻”，互相十嘴仗，止争吵得不可开交时，不知是谁发出了一声口令，“武斗”顿时开场！一个早已绕到“大模子”身后的小子当即来了个“铁链锁大江”似的拦腰一抱，一左一右“哼哈二将”则神速矮下身去搬动“大模子”的两腿，情景堪追“鲁智深倒拔垂杨柳”一节，蓦闻一声大吼，竟将“大模子”直挺挺地摔倒在尘埃之中！这一下可不再客气了，平素受尽了“大模子”横鼻子竖眉毛大呼小叫的怒气、火气、怨气一股脑地迸将出来，众人一拥上前，拳脚齐举，来了个冤有头债有主，有气出气，没气出拳！

那时候，我正在大榆树下看着前文提及的娘舅在练一种外家硬功“以臂撞树”（电影《叶问》中也有类似镜头，不过叶问撞的不是树，而是木桩——晃动臂膀，以手掌和胳膊与一根伸出若干“枝节”的木头桩不停地碰撞）。当那片空地上的喧嚣声传来时，娘舅只一回首，叫声“不好”，便飞奔而去！据娘舅后来说，他在劝架的时候，触碰到了“大模子”的身体。“蛮结棍的，身体像一块铁一样，绷绷硬”，这是他当年的原话。

看来“大模子”很有搏击的技巧，虽然中了暗算倒在地上，却很职业地蜷缩起了身子，双臂紧紧抱头，使众人的打击面减少到了最小。终于，他逮住了一个时机，一声狂吼，从地上一个鲤鱼打挺跃起了身！当他立定脚跟时，凡与他单独面对的人顿时如见鬼魅，发出一声短促的惊叫，转身便逃！“大模子”也不去追击，径自离去。后来，才知道他去传呼电话站打了一个电话。

隔不多久，突然有一辆大卡车呼啸而来，满载着整整一车臂戴红袖章、手持铁棍长矛的工人造反队队员，他们跳下车便狂呼大喊着要抓人！他们当然一个人也没抓到，所有刚才参与打架的人连个影踪都不见了！最后，他们把散落一地的杠铃、石锁统统搬上了车，扬飞而去。

从那以后，再也没人在那片空地上练身体了，一时倒也清静了许多，但也落寞了许多。

4

如此这般练了一两年杠铃后，我又磨着父亲去平凉路上的杨浦百货公司花了几块钱买了装有四根弹簧的扩胸器，结果一介武夫雄健的三角体形偏偏在我的身上见效甚微无法显现，根本修炼不成，虽然也算是有了几块不起眼的肌肉，摸上去煞有介事、实骨铁硬，但偏偏失望得紧，就是“三角”不起来。久而久之，我终于明白，或许命中注定我不是此道中人。于是后来，我来了个一百八十度大转弯，文绉绉地学起了写诗作文。

说来凑巧，我与中学时期的李国新因兴趣相投，时有走动。某日，巧遇其兄长归来，他一听弟弟介绍说我爱看书、爱写作文，便向我大谈特谈那些被打倒了的诗人及其成为“毒草”的诗歌，以及诗坛之流派，一会儿说贺敬之、郭小川、艾青、臧克家、徐志摩，一会儿说郭沫若、田间、萧三、袁水拍，再后来居然忘我地朗诵起他们的成名作，让我猜这是谁的作品、谁是那的作者。可怜我一个连文学创作之门在哪里都云里雾里一团糟的小屁孩，又怎么弄得清楚诗坛的 ABC 呢？

只记得在那个清朗的夏夜，仿佛有一扇明亮的窗户向我打开了——人生的长廊中镶有无数的窗，或打开、或关闭、或错过，这应该是我的少年时代之窗——李国新的哥哥吟诗吟到得意之处，竟然很诗人气质地躲进了蚊帐里高声吟哦，说诗人的许多作品都是应该隔着一层朦朦胧胧的纱帐去领会其含义的。

后来我才知道，李国新的哥哥李国斌是一位业余诗人，发表过一些短小精悍的“枪杆诗”，从部队转业后在上海塑料研究所供职。又过了一些时候，他居然请当时与他在同一单位、如今早已闻名遐迩的大书法家周慧珺，用正、草、隶、篆、行等各类书体摘抄了诸多戏曲唱词给我——有沪剧《芦荡火种》（即后来的样板戏《沙家浜》），有京剧《红灯记》，有淮剧《海港的早晨》（即后来的样板戏《海港》），等等，说让我学习学习。

至今回忆起来，那些飘逸隽永的书体仍令人荡气回肠，无奈少不更事不懂珍惜，进厂以后被一位书法爱好者借去临摹，自此杳如黄鹤了无踪影，说得雅一点，便是唐朝诗人崔颢的《黄鹤楼》所云：黄鹤一去不复返，白云千载空悠悠。

那一个浪漫之夜，直教我流连忘返，不知身在何处，更不知今夕是何年。直到李国新家的窗下响起了我母亲赶来叫我回家的声音，我方才恋恋不舍地踏着一地月色归去。自此，我成为李国新家的常客，并时时为他母亲所挽留，成了餐桌旁的蹭饭人。

虽然早在两年以前我就已经悄悄开始了学习写作，但无人知晓、无人关心、无人指导，写的是自己在学校里的生活，保存至今的是一本自订的小册子，上面是几篇千把字的记叙学工、学农、学文化的散文。一律潦草稚嫩的铅笔笔迹，当可视为学步印痕。

命运就是如此不可思议，天上没有掉下林妹妹，而是掉下了一个学习写作的驿站——不，应该是加油站，冥冥之中教我不知不觉地踏进了学习写诗之门。虽然这与后来的学写小说、影视剧本的文学创作之路相比可谓初级阶段，但“写字”便自此一发而不可收。也许，这就是命，而且不可逆转。诚如友人邢筑渊君前两年在我乔迁之时所赠的大字书法条幅所言：写字为命。

说来可笑，当时的我几乎连押韵合辙都没搞懂弄通，更不要说平平仄仄仄平平这种高难度的技巧了，竟然初生牛犊不怕虎地写起了淡如白开水的诗歌，而且往往一泻千里下笔数十行，“为赋新词强说愁”，再加上一些涂抹了革命色彩的辞藻。不过说白了，也就仅仅是一些分了行的文字罢了。

后来，我进了工厂。某日，和写得一手漂亮郭（郭沫若）体且又善填古典词曲的工友孔信心一起，十分荣幸地双双脱产出版厂部黑板报。他对我涂鸦的诗作不敢恭维，说，即使是写新诗，也必须押韵，那样才比较规范、不马虎，看起来惬意，读起来朗朗上口。我觉得言之有理，这才下了功夫起承转合地开始一二四句押韵。

再后来，我于1968年年底发表在《红小兵报》（原《少年报》）、《红小兵刊》上的处女作系列儿歌、散文诗，于1970年在《解放日报》副刊《看今朝》上发表的几则散文诗，均一律规规矩矩、工工整整地押韵合辙，不敢“越雷池半步”。

未曾料想，到了新时期，诸多新派诗人又回到了过去，纷纷摆脱了押韵合辙的束缚，想怎么玩就怎么玩，想如何遣词造句便如何遣词造句，让开放不羁的思想随着自由散漫的口水诗行在一望无际的天空中高高翱翔。当然，这中间可能不乏传颂一时的好诗、妙诗、美诗。呵呵，是谓“与时俱进”矣。

第九章

矿石收音机·“工人一哥”

1

有不少与我同时代生的男人，在记忆深处常常藏有一个共同的美丽桥段，那就是自装矿石收音机。

在那个年代，电子管收音机绝对算得上一件高端、大气、上档次的奢侈品。我们那个住宅门牌号里，上上下下3层楼12户人家，至多一两家有收音机。那是一种很时尚的标志，标志着这家起码是经济条件够级别的人家或者是领导阶层。至今犹记得班级里张同学家中的五斗橱上有一架十分漂亮、标致、大气的收音机，好像不是六灯就是八灯，后来才明白那是六支电子管和八支电子管。无须讳言的是，张同学的爸爸是一家大型国有企业的党委及监委书记。

无论谁家，一旦打开收音机，那真是声震楼上楼下，引无数人驻足凝听——在文体娱乐生活极其匮乏的年代，这无疑是20世纪的一大景致。很多电台广播节目甚至成了一代人至今挥之不去的永恒回忆，除了广受欢迎的新闻节目之外，还有“嗒嘀嗒，嗒嘀嗒，小朋友，小喇叭开始广播啦”的中央台少儿节目，听孙敬修爷爷讲《小蝌蚪找妈妈》《小英雄雨来》《猪八戒吃西瓜》《宝葫芦的秘密》《高玉宝的故事》《西游记》等。

对农村广播的沪语节目《阿富根谈家常》也是一绝——“上海人民广播电台对农村节目现在开始。听众朋友，侬好！今天是2月19号，农历正月十三。现在播送天气预报，今天夜里厢到明朝，阴天，也就是勿落雨。明天局部地区阴有阵雨，就是有格地方，一阵子一阵子落雨。”“谢谢各位收听阿富根节目，搭大家讲一声再会。”——多少年来，这个节目风靡上海滩和江浙一带，第一代沪语主持人万仰祖、钱英菲更是家喻户晓。偶发奇想，此节目果真发扬光大，又何愁今日之沪语断档失传、上海小囡不会讲上海闲话了呢……

印象中的收音机品牌是上海、熊猫，后来又有了红灯，均为闻名遐迩的国产大品牌。我等贫寒小子，自是望收音机之项背而遥不能及，但是收音机里的广播节目是如此具有诱惑力，谁个抵挡得了？于是，矿石收音机便很历史地出现在我等既穷又富的广大中学生面前——穷的是钞票，富的是不再上课、不再读书、不再串联而有的大把大把的空闲时间。

我先去福州路旧书店花上三五分钱淘了一本《怎样装

矿石收音机》（网上查询获悉，此书是人民邮电出版社1964年9月版，当年书后标价为0.09元，今日旧书售价为25元），读懂弄通后，便开始了按图索骥动手操作的过程。我找来一个报废的镇流器，砸开，剥下漆包线，小心地将它一圈一圈缠绕在一个纸板筒上，而后固定在钉成L形的两块小木板上；接着，出发来到牛庄路浙江北路的马路边，那儿有一个经常受到无产阶级铁拳打击的无线电元件“投机倒把”地下交易黑市场，来回转了好几圈，才从鬼鬼祟祟、小心翼翼的“打桩模子”（其实应该是业余无线电爱好者）手中淘得了玻璃管的矿石检波器和一副旧耳机；回家，全部连接起来之后，将长长的天线随随便便往窗台上一甩，将地线轻轻松松往自来水管子上一夹——如果在屋外，则把天线挂上树枝、地线插进泥地——戴上耳机，顿时听到了沙沙的无线电波声，缓慢地调拨一下矿石检波器，便听到了广播电台播音员的声音，尽管有些轻微、有些纤弱。哈，大功告成！那一种兴奋无比的心情，真比吃上久违了的红烧肉还要开心！

记得那是一个夏夜，朗朗夜空星辰密布。我和几个小伙伴在一起轮流享受着矿石收音机的美妙之处，突然有人惊呼出声，一脸惶恐地摘下耳机递给了我！我戴上耳机一听，当即目瞪口呆，只听得一个有点大舌头的男人在一遍遍地反复播报：这里是莫斯科广播电台，这里是莫斯科……后来，甚至还收听到了“洋基奴”美国之音的广播。天哪！这不是在“收听敌台”吗？这可是犯了不得了的滔天大罪啊！谁会晓得，最简陋的矿石收音机居然具有如此强大的功能！

那个年代的人们都有一种身处禁锢世界又时时想玩火更怕遭受火焚的矛盾心态，不过我们终究因为惧怕“收听敌台”的罪名和太空中电波干扰太多听不清楚而终止了这个会引火上身的可怕游戏。不过，这似乎从另一方面证明了列宁同志的高瞻远瞩，他说过一句与此相关的至理名言：矿石收音机是最廉价的宣传工具。

最后，这架“史无前例”的矿石收音机终于找到了新归属。一位同学的哥哥拿来了一本俄国大作家列夫·托尔斯泰所著的《安娜·卡列尼娜》，愿意给我一天一夜的阅读权，条件是拿矿石收音机交换——当然不是借给他，而是永久归他所有。

对于一个生活在禁书时代而又痴迷于读书的人来说，世界名著这种诱惑是无法抵御的。据说，有一个人居然用《基督山伯爵》书中的一页交换到了一辆凭票供应的凤凰牌16寸脚踏车！这似乎是天方夜谭，但它确实令人难以置信地曾经十分真实地发生在那个年代。

我同意了。我没有理由不受诱惑，更没有理由拒绝。谁都没见过亚当、夏娃拒绝那可爱又可怕的禁果。

其实，那时的我已经有了不少私人藏书。记得有许多同学朋友向我借书或者交换阅读，时间一长、人数一多，常常我自己也记不清楚把书借给了什么人。万般无奈之下，我用几张白纸订了一本小册子，把藏书一一编号登记在册，煞有介事地盖上了“藏书”之印，凡来借书之人，也全部正儿八经地记录在案。现今想来，左不过是二三十册缺胳膊少腿的“封资修”图书而已，何以大言不惭地妄称“私人藏书”？不同的时代自有不同的故事，不同的岁月自有不同的认知，仅止于此。我想，侬懂的呀！

矿石收音机的故事告一段落之后，也曾有人劝我重新组装一架新的矿石收音机。那对我来说是轻车熟路，并不是一件很复杂的事情，我承认。但此时我的兴趣已不在彼，而是与时俱进地升级到了买二极管、三极管，看线路图纸，组装来复式晶体管收音机和超外差式半导体收音机了。

由于两者层次不一样，所需的“军费”开支也自是不可同日而语。似我这等只有消费能力却无经济进项的穷学生，唯一的出路便是向父母伸手求援，所幸的是父母不遗余力地支持了我。理由只有一条，他们希望我太太平平地宅在家里，千万不要出去闯穷祸。

老实说，父母能从牙缝里挤出钞票支持我实非易事。当时家中的经济绝不宽绰，每个月的开销常常要靠向亲朋好友求助告贷或是父亲在厂子班组里来个“互助会”方能过日脚。甚至，时有父亲将家中因季节变换穿不上的衣服、被褥送往典当行或寄卖店去调头寸之事发生。

呜呼，饶是如此境况，尚全力辅助不甚懂事的大儿子的兴趣所在！至今忆及，无颜回首往事。

2

那段时间，工人新村的趣闻甚多，兹录几则于此，以飨读者。

印象最深刻也最受我们兄妹四人欢迎的，则是大人们决定全家下馆子去涮一顿盖浇饭，而且时间就定在了今天，此刻，马上！说来可笑，当时我们那气氛、那心情，一点不亚于《智取威虎山》中期待享用座山雕百鸡宴的小喽啰们。

这是那个年代极具特色的“盛大节日”，不少平民家庭都有这样的节目上演。表层原因似乎是副食品供应实在贫乏，难得去开一次洋荤撮一顿；深层原因则是家里比银子更为金贵、更显紧俏的粮票遇上了周转不灵的天大问题，全家面临断粮断炊的可怖局面！今天的我们已经难以想象，那年月的粮票是城市老百姓的命根子，填饱肚子是每天的头等大事。

这一餐偶尔为之的盖浇饭，究竟是到了如何弹尽粮绝的地步，父母方才硬起头皮走了这一步棋？毕竟，这是一种不需粮票只需人民币的黑市价的高消费呵！犹记得商店里类似的供应方式：一块普通的糕点 5 分钱，不用糕点券则售 5 毛钱，涨价 10 倍没商量；一斤水果糖几毛钱，若拿不出糖果票的话，那就一粒糖 5 分钱，每斤要十几块钱！

我们下的馆子常年不变，走上一站路便到了：长白（新村）饭店。只记得，饭馆里冷冷清清，除了我们这一大家子，几无顾客，偌大的厅堂里，张张桌子都空着。我们一个个饥肠辘辘地在饭桌前正襟危坐，听凭服务员沏上一杯白开水，而后过了不多时间，便一人一碗地端上了盖浇饭。

说穿了，这饭也稀松平常，那浇头更是不上今日之台面，既无现在司空见惯的什么“鱼香肉丝”“大排青菜”“蚝油牛肉”“青椒肚片”等浇头，更无任何出奇的花式花样。比如“带鱼盖浇饭”，就是三五片极其普通的带鱼之头尾，而且是小号带鱼；又如“炒素盖浇饭”，只见番茄炒洋山芋片，或是花菜叶子炒油面筋。便是这等高价黑市价出售的潦潦草草的家常菜，已够得上是当年百吃不厌的山珍海味了。

走在回家的路上，我们几个孩子叽叽喳喳地追问父母下一回吃盖浇饭的时间。父母的回答只是直搔头皮，呵呵，真个“此时无声胜有声”。

又有一回，去同学家白相，适遇其父正怒不可遏地把手指笔直地戳到他的额角头上，怒斥其不要面孔、下流、下作胚，看黄色小说！我惊问其故。同学显得十分委屈，把书递到了我的面前，喃喃说道：“我看的是鲁迅先生的《上海的少女》啊！”话音未落，其父便是劈头盖脸一通大骂：“鲁迅哪会写这种下作的东西！还少女？太黄色了！”

恰恰我也拜读过《上海的少女》，连忙给其父解释了一回，并信誓旦旦地向毛主席保证，《上海的少女》货真价实、千真万确是鲁迅的作品。其实这话等于白说，当年休说“少女”，便是“爱情”“苗条”“白皙”一类词语也统统犯忌，属于“封资修”的“黄色”，一概说不得。

果不其然，其父一翻眼睛，大不相信，说：“你们统统是下作胚！我倒要去学堂里问问你们的老师，伟大的鲁迅肯定不会和黄色的‘少女’搭界！”这一回连我，还有“伟大的鲁迅”，统统无可幸免地被骂了进去。唉，唯有一个歇后语可以用来形容：秀才遇到兵——有理说不清！

我突然想到了还有一条驳不倒的理由，我将书的封面迅速递向其父眼前，说：“这是《鲁迅文选》，又不会骗你的啰！”谁知，他重重“哼”了一声，一脸的“洞察一切”，冷冷笑道：“你当我洋盘（上海方言，意即‘不懂行的人’）？这封面是作假的呀，《青春之歌》外面弄一张《欧阳海之歌》的皮子贴贴上去，《红与黑》套上《马克思传》的外衣，你们白相的这一套，西洋镜老早拆穿了，我统统懂的！我要去找你们的老师！”

我哑然。我那同学拉了我便走，只是他扔下的那一句话没走：“老师统统靠边站了，你找不到他们的！”这样的故事岂不令人啼笑皆非？此事最后不知如何了结，只是我那同学恐怕再也不会在他那永远拎不清的父亲面前看书了。

那时的工人新村独有一景观，至今令人回味。一到月兔初升时辰，家家户户敞开了窗，每一幢楼里都有笛声嘹亮而悠扬。“此曲只应天上有，人间哪得几回闻。”为什么会如此“千军万马过独木桥”呢？

盖因我们这些初中、高中毕业生赋闲在家，又不读书、又不分配，真不知自己的方向在何处。只有一个去处——军队来招学有专长的文艺兵，领章、帽徽一佩，神气活现，前途似锦。工人新村里有好几位吹笛子的，均由此成了部队一员。消息传开，仿效者甚众，一时家家都有吹笛手，甚至连前文提及的那个踢足球女孩“野鸭子”雅芝小姐，也俨然短笛横吹，曲高可绕梁。

还有更雅的，学习很“小资”的小提琴，肩上一靠，下巴一夹，斜拉琴弓，很招摇的。后来，有一写诗的文友袁金康，每每上我家来，总会携一琴盒，放下打开，取出一把十分洋气的小提琴，激情澎湃地演奏一曲当时流行的红歌红曲，偶尔兴致所至，也会偷偷来上一节被批倒斗臭的巴赫、柴可夫斯基的洋曲洋调。他总是把声音拉得很低，而且事先让我把窗户紧紧关闭。那下巴夹琴、右手拉弓的潇洒姿势，那高山流水般的乐曲，令我陶醉至四十余年后的今天，犹不能忘。

由于日渐喜爱文学，我常常和一群青年邻居厮混一处，听他们海吹神聊沪东造船厂一个叫居有松的人——著名的工人诗人，且是全国劳模，在报章杂志甚至广播里时时听闻他的大名，即便在“文化大革命”中，我也曾从广播电台里屡屡听到他的作品被人朗诵。

这些青年邻居全都是沪东造船厂的技校学生或艺徒工，在他们眉飞色舞的讲述中，冷作工人“小炉匠”居有松出口成章，三步成诗，五步作赋，已经成为一个神乎其神的传奇人物。居有松也是工人新村（沪东新村）的一员，按今天的网络流行语，似可称之为“工人一哥”。对一个中学生而言，“哥只是个神话，哥早已不在江湖，但江湖却流传着哥的传说……”

其实，老居本也寻寻常常，非灵异也。时至20世纪八九十年代，我有幸与他数度相遇于上海职工文艺的各类竞赛场合，彼此均担任评委，后成忘年交。甚至有一段时间，因诸种矛盾加身，他竟玩起了人间蒸发的失踪游戏，一时间急煞了他的家人与聘用他的上海市工人文化宫。个中原委他仅悄悄透露给了我一人。急得六神无主的文化宫不知怎的想到了我，遣专人问我，我偷偷泄露了一二，直言他肯定没有“自绝于人民、自绝于党”的非分念想，这才令组织放心。后来的事实证明，老居没有忽悠我，我也没有欺瞒组织。

呜呼，如今斯人已逝，居大诗人前些年径自驾鹤西行，往天堂吟诗作文逍遥游去也。

第十章

毕业分配·进工矿

1

1968 年 8 月，一个异常闷热的下午。所有的 1966 届学生全都接到通知来到了学校，坐在各自班级的教室里收听拉线广播。广播里的一个男中音不带感情地缓缓宣读着名单，一遍读完了，又重读一遍。谁都不知道是凶是吉，因为在宣读名单之前，那个男中音根本没有作任何的说明和暗示。

第二遍名单读完后，广播喇叭里一片可怕的沉默。当终于有了声音的时候，已经换成了一个女高音。多少年以后，同学们都能回忆得起那一字一顿的宣判式语言：“同学们请注意了，刚才没有念到姓名的，全部分配上海工矿……”

教室里的气氛似乎一下子凝固了。人人都有一种茫然失措或者是不敢相信的感觉掠过了心头直轰头顶——是大喜，还是大悲？是心碎，还是狂欢？一瞬间，每个人都像丧失了语言功能，丧失了思维能力。

好久，才有一个至今也想不起名字的女同学冷不丁地大声问了一句："姚老师，念到名字的同学……分配去向是……"班主任姚老师也是愣了一会儿才答出两个字来："农村。"

这两个字宛如点燃了的炸药引信，还没落地，教室里已经掀起了巨大的爆炸声浪：有人号啕大哭，有人尖声狂叫，有人一脚踢翻了课桌椅……这场面，整一个"天下大乱"！那泾渭分明的"上海工矿""外地农村"的分配去向，已经绝对毫不留情地一刀将全班同学划进了两个大相径庭的命运阵营。

一个小时以后，有一位同学干出了一件轰动全校、更令分配农村的同学后来纷纷仿而效之的开一代风气之先的壮举：他和他的姐姐、姐夫用一块旧木板抬着他那中风瘫痪、卧床不起的老母亲，径自直闯学校"毕业分配工作领导小组"办公室进行说理斗争。相映成趣的是，他姐姐家两个穿开裆裤的小男孩也紧跟在大人的屁股后面一路小跑……一场"世界大战"就此揭幕。

当然，也有铁了心报名去黑龙江反修斗争第一线的，那大多是学校红卫兵团的头头，绝对根正苗红，好像基本上是三代红，否则很难得到批准，当时的要求是难以想象的严格，几乎到了苛刻的地步。他们还义无反顾地写下血书，张贴在学校的走廊里，造成了一种轰轰烈烈的景象。于今回忆这青春的一幕，不知是喜耶，还是悲耶？但在是年是时是地，我相信他们这些工人子弟绝对是以一种既满怀革命虔诚又豪迈喜悦的心情踏上西风猎猎北上征程的。

而今，嚼着爆米花看着穿越剧和3D大片的年青一代对此毫无感觉，甚至会像鸡同鸭讲一般发问："这是真的吗？大概脑子进水了吧？"一代人自有一代人的语言。正像现今诸多中老年朋友看不懂自己的下一辈、下下一辈跟个磕头虫似的在埋首刷屏白相手机微信、微博一样。

因受高度近视的连累，我的毕业生材料送了退、退了送，被各大工业局的企业单位一次又一次地退了回来。还记得在无星无月的晚上，我和有着同样遭遇的同学几次到毕工组送材料老师的家里询问消息，那老师好像姓蔡，无奈均无功而返。

有一天一大早，一个女同学挎着买菜竹篮在楼下大声叫着我的名字，问："录取通知有消息了吗？"唉，哪有呵！直如沙滩上搁浅的一尾鱼，日日听得见潮起潮落的大海呼吸声，却久久不能有潮水涨到身边。从1968年8月参加毕业分配，直到12月1日，我才接到录取通知，上面写明12月12日报到。

当时有一条红线，即便拿到了分配进上海工矿的通知，凡在 12 月 21 日之后报到的，工矿名额立马取消，请到农村这一“广阔天地炼红心”去罢——“12·21”成了分配上海与外地的分水岭，一刀斩下来，管你生离与死别。

凡不肯迁户口的，先是在你家大门口敲锣打鼓喊口号，弄你一个鸡犬不宁颜面扫地，而后便是动用组织力量到你父母的单位去，让你父母停工歇菜回家做子女工作，倘若父母是党员干部，更会让你承受十倍百倍的压力！于是乎，倾巢之下安有完卵？绝大部分子女便不得不乖乖地打起背包去走天下了。

当然，世界上没有绝对的事情，终究还是有那么几条漏网之鱼的。我的工人新村的同学中，他或她号称身体有病，抑或是夸大了疾病，到医院里搞来了几张诊断证明，便千方百计地赖在上海不走了。虽说后来被照顾分配进了前景黯然的里弄加工厂、街道小厂去工作，但一个个动足脑筋，想方设法咸鱼翻身，有门路的走门路，没门路的熬到父母光荣退休“顶替进厂”当工人。最没办法的只能听天由命——谁知老天爷有开眼的时辰，约莫到了 20 世纪 80 年代，小集体的里弄加工厂、街道小厂统统与时俱进地合并成为大集体单位，与国营企业的待遇也相差无几了。这等“曲线救国”的命运，虽然坎坷，却真实有效，其中也包括了那个挎着买菜竹篮在楼下大声叫我名字的女同学。

看来，伟人的话还是极具前瞻性的：“最后的胜利往往存在于再坚持一下的努力之中。”没记错的话，好像是样板戏《沙家浜》中的经典台词。

2

有同学来叫我去学校一趟，说姚老师找我。我当即赶了去，姚老师正在操场上打排球，笑吟吟地告诉我录取通知来了，是上海铝材厂，同时进这家工厂的还有隔壁班级的言振秋同学，是原校足球队的守门员，因踢球受过腰伤，一直被拖到现在才有单位接收。喜出望外。

排排日子，我是 12 月 12 日去厂里报到的，而 9 天后的 12 月 21 日实行的新政策，则一律不由分说、不讲道理地让所有应届毕业生上山下乡，这对我个人而言，是否过于幸运？是，幸运得额角头碰上了天花板！但是，大凡过于幸运的事情，总是不可避免地有幕后故事。问题是当事人可能并不知道。

我也是事后很久才知道，当时是铝材厂一名造反队队委帮了我——不，应该说是救了我。他是接收新工人的负责人之一，在杨浦红专学院看到了我的分配材料时，并没有当场收下，仅仅记下了我在工人新村住址的门牌号码。

他回家之后问儿子，认得几号几室一个叫管新生的人吗？这个人怎么样？肯定是回答让他满意了，这才于次日重返红专学院材料组，接收了我。呵呵，何其不幸中之大幸也！从某种意义上说，也是工人新村救了我。这是缘，还是命？唯有天晓得。

我后来才知道，这人就住在工人新村旁的一幢本地房子内，本地人，王姓，没记错的话，叫王汉诚。当我知道此事时，他已不知什么原因而主动辞去了造反队队委的职务，回到原车间做了生产工人。后来的历史证明，这是个绝顶聪明的做法，任凭运动如何深入，无论什么派都没有找过他的麻烦。“所以做人是要看山势识相的呀！”他以一口本地闲话这样说。

说来也巧，就在接到录取通知的那个下午，我刚从学校回到家里，便听母亲说，有一个报馆的人来找我，见我不在，便留下了一张纸条，刚走不久。那时闲在家里没事干，我便搬个小板凳坐在屋山头，像模像样地在稿纸上胡乱涂鸦，而后装进信封投入邮筒投稿，将信封剪去一角，连邮票也不用贴，由报社“邮资总付”。

我接过了纸条，至今还记得上面的大意，那人说他是《红小兵报》（原《少年报》）报社的张秋生，去看望一个朋友路过此地，想来看看我，并说我的一则儿歌稿件被采用了，现留下一份校样，听我母亲说我是1966届学生，很关心我的毕业分配有没有消息，未遇为憾。

我仅扫了一眼，慌忙奔了出去追赶，母亲在身后喊“那个人的个子很高的……”在屋山头，我终于追上了个子很高的张秋生，并一路将他送到了公交汽车站。他和我说了很多很多，从学习创作到进厂当学徒，并鼓励我坚持文学创作，很让我感动。这是我创作道路上相识的第一位编辑。

两天后，1968年12月3日，我的处女作见报了。尽管仅是小小的四行儿歌，但足以让一个在黑暗中摸索前行的文学青年看到地平线上初升的那一抹阳光，而且灿烂无比。工厂通知来了，作品见报了，这是不是该称作“双喜临门”？

后来，我拜访了铜仁路上的《红小兵报》报社，张秋生介绍我认识了苏茹和黄修纪等编辑，她俩都做过我所发表作品的责任编辑，只是苏茹不久便回少儿社去了，所以以后的好多年都是黄修纪在发我的作品。

犹自记得一年多以后的1970年，茅绍颖编辑从延安西路的少年儿童出版社长途跋涉来到上海东北角的控江新村，满腔热忱地给我送上了新鲜出炉、十分抢手的样板戏《智取威虎山》的电影票，让我感动得无以复加！这一批当年忠诚于文化事业的编辑们对无名作者的鼓励和爱护，令我至今难以忘怀。

从张秋生、黄修纪到少儿社的苏茹、茅绍颖、洪祖年，再后来还有朱家栋等，时常发函通知我和他们一起去中小学校参观、学习、访问，由是激情勃发地创作了不少儿歌和小说，当然在那个年代缺报少刊几无发表阵地且又政治加码的大情势下，这些不成熟作品的下场可想而知。甚至有一阶段，我还为少年宫写过儿童独幕剧。无奈天资愚钝，一事无成，终究没能将儿童文学的创作进行到底，至今引为一大憾事。

的确，可惜了！

3

我要进厂当工人了，这本是十分荣耀的大事。可是，母亲忽然和父亲狠狠吵了一架，原来她要将父亲仅有的一件出客的哔叽中山装特地为我改制，让我这个工人子弟能体体面面地去上班。父亲大概蛮有牢骚的，于是受到了母亲的责怪。最后的结果当然是母亲胜出了。这件哔叽中山装尽管早已成了老古董，却依然挂在我的衣橱里，成为永远的纪念。

还有一次，母亲一阵风似的奔回家来，神情恰似拾到金元宝一般。原来，布店里有新上市的凡立丁布料出售，排队的是人山人海。关键是什么呢？不要布票！是以母亲匆匆忙忙地赶回家来拿钱。后来，母亲自己动手裁剪和缝纫，给我做了一套凡立丁的衣裤，说是特地为我进厂上班做的。

当时还流行假领头，母亲时常去布店排队买些零头布回来，心灵手巧地为儿子做假领头。假领头也叫节约领，是上海人发明的。20 世纪六七十年代，正逢物质匮乏时期，买布需要布票，但零碎的布头不需布票，这种聪明的做法很快风靡全国。穿上假领头，露出的衣领部分完全与衬衣相同，外面穿件绿军装或中山装，再将风纪扣一扣，就是那个时代最标准的男人打扮。

有人戏言，这是很有上海特色的一项发明。在那物资紧缺、生活艰难的岁月，假领头的发明，不仅体现了上海人的聪明与精明，还顾及了上海人的钱袋与体面。大概是借用舞台戏剧中的术语，上海人喜欢将身上的装束称为“行头”，衣服套数多，自然也就容易“翻行头”了。俗话说，佛要金装，人要衣装，就是这个道理。

进厂的第一课，是连续一周的全脱产上劳动安全及厂规厂纪课。就在劳动安全课讲得昏天黑地之时，厂里出了一桩惊天动地的安全事故——一个新工人在没有搞懂弄通机械设备性能的时候，竟然稀里糊涂地按下了一个键钮，于是闯穷祸了，天晓得那设备一个劲儿地往上直升，最后导致电路板烧毁！这一下可不得了，厂里立即召开“阶级斗争新动向”批斗大会，这个新工人无疑成了靶子！而我们这些还没来得及脱下学生装的艺徒工，则开天辟地地领受了心惊胆战的一课。

当时，厂里还请来了一位陈姓技师给我们这些新工人“忆苦思甜”。印象最深的是他说的两件事。一件是外国老板残酷压迫工人，连上厕所都不能抽烟。他们养了两条大狼狗在车间里到处巡逻，常常会冷不防地冲进厕所。一旦闻到烟味，训练有素的大狼狗便会扑上前来，将一双爪子搭上你的肩，却又不咬你，只是低吠不已，并且虎视眈眈地朝你吐出血红血红的大舌头。陈技师被唬得慌忙将香烟一把捏进了手掌中，好不容易待得狼狗离去，一伸巴掌，一个被烟头晶体火烙出的通红晶亮的血泡赫然在目！

这个十分可怕的故事到了“文化大革命”结束以后，忽然被“拨乱反正”，饶有兴趣的主讲人依然是陈技师。他是这么说的，当年洋商厂的规章制度就是绝不允许在车间包括厕所里抽烟，所以当年自己的手掌被烟头烙出血泡，是违反厂规厂纪咎由自取的！

陈技师讲的另一件事情是每年圣诞节的晚上，外国老板请工人吃饭。结果呢，用勺子在一个盛汤的桶里舀呀舀地舀了老半天，除了清汤就是寡水，多欺负人哪！

后来正本清源的版本是，每到圣诞夜，外国老板就请工人带上家属来厂里聚餐，好好撮一顿，西洋大餐、牛奶面包由各位尽兴享受。当然，那一桶汤是确实存在的，只不过没人强迫你去享用。

这两个大相径庭版本的讲述人均为陈技师。我们问他怎么会前后矛盾，如此牛头不对马嘴？他哈哈一笑，说："我讲的都是事实，绝不吹牛，只不过根据形势的需要做了一些省略、裁剪而已。'忆苦思甜'必定是'苦水里泡黄连——苦上加苦'，'改革开放'当然要'拨乱反正'。"

我等自是无言以对。因而，厂里不少老工人私下里唤陈技师作"三朝元老"，意即在哪个朝代都很吃香、很吃得开。不过实话实说，他在技术上还是有两把刷子的，在厂里也算得上一号人物了，后来还评上了高级技师，这应该是技术工人层面的最高级别了。

当了工人后，还有一件在学生时代连想都不敢想的稀罕事：看病。"57"，这是上海铝材厂在劳工医院（杨浦中心医院）的劳保门诊号。到医务室拿了那一张铭有"57"的小黄纸片，无论大病、小病、工伤，无论挂号、拍片、检查、开药，“57”都一竿子管到底，个人无须掏一分钱。

其他行业如学校老师、报馆和电台编辑等，挂号都要自付一毛钱，那叫“小劳保”，厂里的工人是“大劳保”，自是不可同日而语，无疑大大抬高了工人的社会地位。这种优惠一直到1999年医保改革开始才画上了句号。

4

我被分配进的厂子叫上海铝材厂，后改名为上海铝材一厂，最后又改回上海铝材厂，还曾叫华铝钢精厂。邻居都说华铝钢精厂工资高啊，老底子是外国人开的厂啊，扫垃圾的也能拿150多元！

进厂后，我才知道最高工资为5500元——这是厂总工程师的月薪，听说在1963年以前厂子没有被收归国有时，一直是这么个天文数字！收归国有后，厂总工程师主动要求把工资减为原来的十分之一：550元。这似乎比当时国家领导人的工资还要高。当然，也怪不得他牛气冲天，他是20世纪40年代的留德博士，且有冶铸铝材的专著问世，被外国老板重金礼聘而来。待到我1968年进厂时，造反派给他的月薪为70元，并将他发配到炉子间做“浇头”的重体力活。后来，“文化大革命”结束，给他补发了27万元工资。

而一般工人呢，基本拿280元左右，技术好一些的“拿摩温”（英文NUMBER ONE的谐音，意即“第一名”）则拿380元！当时发生了一个奇怪的现象，二三百元月薪的工人居然还吃补助！我不谙世事地问了他们，结果都回答说，家里的十个小把戏有九个上山下乡了，不够开销，只好向组织申请补助了。

这一切，与我们新工人浑身不搭界。我们这些学徒工统统拿17元8角，满师了，也就是“36元万岁”。

外商厂奇形怪状的事情就是多，套用当年“文化大革命”的语言则是“庙小妖风大，池浅王八多”。因而，厂里的阶级斗争大会日日开，开得不亦乐乎。每到早班下班的时候，全厂三个厂门便统统拉上了，谁想离厂都必须得有车间主任（当时流行军事化，车间主任莫名其妙地成了“连长”）的手谕！

在被关进防空洞的牛鬼蛇神中，有一位维廉蒋先生，是新中国成立以前上海滩闻名遐迩的拳王，在拳击台上与外国拳手对垒，从未输过一场，新中国成立后曾率上海拳击队访问东南亚，所向无敌！他置香港、台湾的重金挽留于不顾，义无反顾地回来做华铝钢精厂的工人。问他为什么，他说妻儿老小均在上海，而且洋商厂的工资蛮高的。

这是实在话，“很老百姓”。后来，他被平反了。再后来，“文化大革命”结束，我随他去了虹口的上海精武体育会和拳击训练场，观摩过无数场拳击比赛，因而写过他的专访，创作过拳击题材的小说。

厂里医务室有一个女医生，据说曾是宋美龄的护士，抄家抄出不少与宋美龄的合影，自然也免不了造反派的火烧炮打。其实，当时的厂子医务室实乃藏龙卧虎之地，外国老板当年重金聘来的高手能人均留厂了，记得一位是儿科博士，一位是老中医（上海滩滑稽界大明星王辉荃的嫡亲阿爸），大受工人欢迎。经常见到工人的小囡围住儿科博士求医，女工们则向老中医问诊妇科，他们的高超医术传颂一时，有口皆碑。

记得有一回，工人问儿科博士，你自家的小孩感冒发热了，你这个博士医生是给他们吃药还是打针？他的回答很实在，说既不吃药也不打针，天天喝白开水，一礼拜可基本痊愈，因为是药三分毒呵！当为至理名言也。

5

那时候，我们这批新工人还享受到了一项特殊的“政治待遇”——一下班，便被召集去排练文艺节目。天天如此。

当时辅导我们舞蹈的老师一姓丁、一姓陈，均为厂子里的工人，据说他们对跳舞颇有心得。这下轮到我洋相百出了，我本是个以静制动之人，又哪里会手舞之、足蹈之，根本弄不像样，甚至连滥竽充数的南郭先生级别也远远达不到，唯有自叹不如。后来，也不知他们从哪里得知我会写写弄弄，便让我去写舞蹈节目之间衔接的串联词。

其时，我正痴迷于大型音乐舞蹈史诗《东方红》中的串联词，于是顺水推舟地逃离了舞蹈排练场。顺便说一句，这篇串联词撰稿最终流产了，直到 1994 年应上海市总工会之约撰写《上海市庆祝五一国际劳动节联欢会》的串联词方才圆梦。且说其时他们又从新工人中发现了一位会作曲的，好像姓唐，又发现了一位姓盛的男高音，于是将我的串联词改为歌词谱了曲，在“欢庆九大”的庆典中演唱。

那一个夏天，大太阳就像粘在背脊上的膏药，滚烫火热。我偶尔路过平凉路的沪东工人文化宫，忽见一纸招生告示，说东宫准备成立杨浦区工人革命故事创作组，欢迎有一定创作能力的革命青年报考。想来那时的自己正是精力旺盛得过剩的青春期，当即赶去报了名。

到了考试的那一天，只见坐了满满一教室的应试者，有工人，有老师，有银行职员，有学生。主考官为上海市群众艺术馆的任嘉禾先生，要求每个人当场写一则故事或小小说，出的题目我已经忘得一干二净了。最后录用了九个人。自此，我与故事结缘。

记得还同时成立了故事组，故事员有男有女。我的应试故事叫《师傅》，写的矛盾冲突其实是最浅层次的“人与自然”——即“师傅”与生产事故的故事，后发表在川沙县一本名为《革命文艺》的小册子上，而且由一位叫作梅琍的女故事员在区里进行演讲。她还被专程请到厂里来讲过，大受工人的欢迎，因为讲的就是发生在他们身边的事情。

其时，我开始了与故事员毛时安的交往，他如今已是中国评论家协会副主席、上海市人民政府参事。他当年也是很工人的，家住工人新村鞍山新村，好像是军工路上上海电磁线一厂的工人。记得那年的大年初二，我赶去东宫听他激情澎湃地演讲《孙悟空三打白骨精》的故事。

毛时安真乃好学之人，隔三岔五便来我家里借书，并把精彩章节摘录在一本本硬面抄的簿子上。这些摘录簿居然珍藏至今。前些年，上海东方电视台《艺坛名流》专栏在做我和燕草的专题节目时采访了他，他深情款款地取出十数本摘录簿，语重心长地告诉燕草我们当年学习创作的艰辛与不易。

有一回，我去到毛时安的蜗居。他那时颇为欣赏拉法埃洛·乔万尼奥里所著的长篇小说《斯巴达克斯》，不仅将结尾处斯巴达克斯给妻子范莱丽娅的信摘抄于簿，而且感情充沛地朗读给我听。时至现在，我依然记得那一封生死不渝、催人泪下的信。多少年了，我依然忘不了，那是在鞍山新村他的家里，当时和我一同聆听的，还有他那慈祥的母亲。

时安兄，尚记否，彼时、彼情、彼景？我们几十年的交往，诚如他在我的作品研讨会上所言："在座诸位当中，可能我和管新生结交的年份最长，有 40 多年。我们认识的时候都是非常年轻的小青年，我现在因为年纪上来了，经常眼睛一闭起来，就想起管新生年轻时候到我们家里来的动人情景，真是充满了青春气息。"

呵呵，真是"古今多少事，渔唱起三更"啊！"遥想公瑾当年，小乔初嫁了，雄姿英发。羽扇纶巾，谈笑间，樯橹灰飞烟灭……"

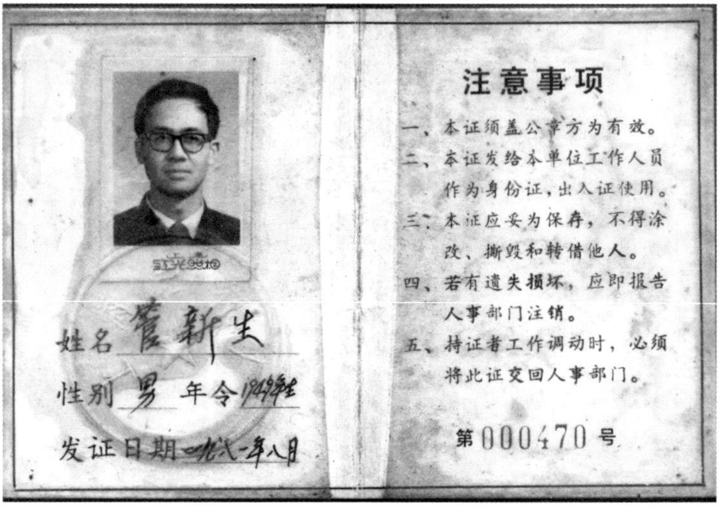

上海铝材厂工作证

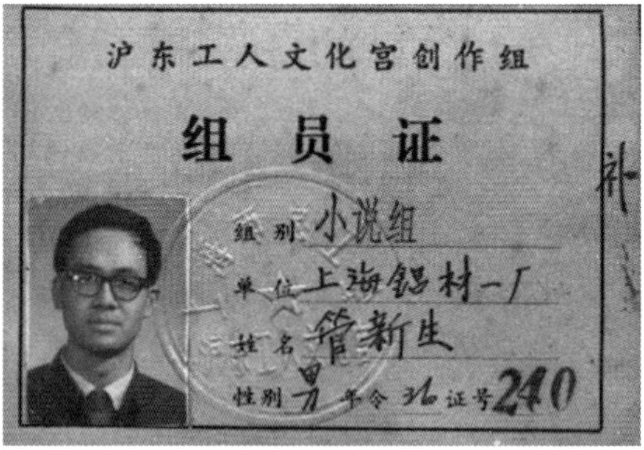

沪东工人文化宫创作组组员证

第十一章

扎根工厂·火红年代

1

我曾经无数回自诩为“踏烟蹈火十三载”的炉前工，其实并不完全如此。刚进厂时，我被分配在二车间做压延工，就是在冷轧机前操作铝箔压延。记得当年有个不大识时务的工人写了两句打油诗，大意是说铝箔卷子长又长，我的生命跟随它流淌。

半年后，正值“战高温”季节，我们这些新工人被临时性地抽调到了炉子间 3 个月。一打开炉门，烈焰奔腾三千丈！绝对壮烈，真是个淬火炼人的好场所。不料，这 3 个月的亲密接触竟让我义无反顾地投入了炉子间的怀抱，一干便是 13 年，直到被调往教育科方才依依惜别。

为什么要做炉前工？这在今天或许是一个无法理解的问题，而在当年的环境下却无疑是最为明智的选择。

后道工序车间在高温季节是恒温 42℃，两台轧机、三个人大轮班轮流转，平均一个多小时才轮到休息，什么额外待遇也没有。虽然相同时间段的炉子间恒温高达 72℃，但可以20分钟对换班休息，每天优待两大瓶防暑降温的盐汽水、厂部食堂一客最高价位的免费高温餐，一年还能发放一双牛皮工作皮鞋——那年头，这是一双可以出客的时髦货，丝毫不让崭新的工作衣，能够让男小囡光光鲜鲜地穿到丈母娘面前去，那是一种时代的荣耀、一种工人阶级的骄傲。更让人羡慕的是，一般干部定粮每月28斤，车间工人每月30～32斤，而炉子间头上出角每月高达42～45斤。因为它是高强度劳动。

除了这些物质方面的巨大诱惑之外，那个年代的年轻人脑子里偏偏也进了火，认为火热的炉子间是最能锻炼革命青年的地方，人人都有轰轰烈烈的英雄梦，谁都期盼着能在平凡的工作岗位上干出一番绝不平凡的业绩。至今仍有一位鞍钢工人诗人当年的诗句在我的脑海里跳跃：打开炉门喷薄而出红日一轮/鼓风机吼哑了嗓门/每一升空气烫得发辣/每一根汗毛挑一颗汗珠/炼钢呵 也在炼人……

铝材厂的熔铸车间恰恰具备了这所有的英雄元素：奔腾的炉火、狂吼的鼓风机、发辣的空气、闪烁的大汗珠子。我算是真正领会到了大汗珠子从头顶心的每一根头发喷涌而下浩浩荡荡地滚过胸脯、背脊、屁股、大腿直到脚底心是个什么样的滋味，那才叫爽，才叫工人阶级！每时每刻均是如此，只要走进炉子间往烈焰飞升的炉前一站、往刚从液态凝结成固态的铸件前一立，立马开始享受这做生活（上海方言，意即“干活、工作、做事”）的“最惠国待遇”：滚烫滚烫的，火辣辣的。

于是到了“战高温”结束，十个志愿者中倒有九个愿意留下来不走了，而且为了这么个简单目的纷纷各显神通、大走门路。在物资匮乏的年代，人们不得不露出了很小市民的动物性。呵呵，动物凶猛。偏偏好事多磨，粗犷野蛮的炉子间忽然发嗲拗起了造型，多了不要，只肯留下 3 个人——三班倒的甲班、乙班、丙班各自进了一个人，其余的统统请你立正不稍息地向后转，且请打道回府。

我很荣幸地跻身于那三分之一，似乎是一个例外，因为我在厂子里认识的人不多，何来门路可走。那炉子间甲班的车间团支部书记反复做工作要我留下，他看中的是我那半瓶子醋的技艺——当时我的写作技能已经初露头角。于是，我这个身高一米七八、体重仅 121 斤的苗条排骨便进入了太上老君的炼丹炉中开启淬火的程序，也就开弓没有回头箭地踏上了后来的人生道路，得以见识了诸多“风景这边独好”的炉子间风情。不知是幸耶，还是不幸耶？

自那以后，我成为炉前烤焦的一个音符。应该说，这完全是自作自受、咎由自取，怨不得任何人的。

2

记忆深处总有一场沸沸扬扬的大雪，而且是在夜半时分。几十年过去，再也无处寻觅。而今回忆，别有一番情趣在心头。犹自记得，一走出家门，便见到在屋山头路灯昏黄的映衬下，雪花漫天飞舞，仿佛天女散花一般，真个“燕山雪花大如席”。我踏着厚厚的大雪去上夜班，仿佛踩在棉花上，不同之处在于脚下老是咯吱咯吱作响。平时步行到厂里要 40 ~ 45 分钟，但这大雪天起码多用去十来分钟。

从新村走出去到延吉路，穿过杨家浜，沿双阳路走到长阳路，拐进第四制药厂旁边的小弄堂，捂着口鼻顶着刺鼻气味经过上海第七橡胶厂门口；踏上龙口路、渭南路，右手转弯到河间路 260 号，这就到了厂门口。之所以写得这般啰唆、如此详尽，是因为不少厂家和弄堂而今已经荡然无存，包括第四制药厂、第七橡胶厂和上海铝材厂。

这是厂子里“三班倒”的第一个夜班，炉子间里万籁俱寂。但我知道，只要开炉的钟声一响，立马硝烟滚滚、炉火升腾，人人都像上足了发条似的开始在炉前“抓革命，促生产，打击帝修反”。有几个镜头、几个人物，今生今世难以忘怀。

一上班，有一位副班长每天的第一个动作就是打开他那铝质的金属香烟盒——其实，当时我们经常从外单位运送到炉子间回炉熔化的铝材中捡拾那些报废的香烟盒、剃须刀盒等进行废物利用——慢悠悠地放进去5根香烟，嘴里还煞有介事地数着1、2、3、4、5，说这是今朝夜里厢的定量……

别笑，真的别笑。千万不要以为这是黑色幽默，更不要以为副班长是在控制定量想戒烟，其实是当时的香烟凭票供应逼迫他不得不如此这般而已。香烟凭票不但分大户小户，而且分牡丹、前门、飞马、光荣、劳动三六九等。副班长家里人口不到位，只能很可怜地享受小户的待遇。再厉害的烟鬼也得因此而被套上紧箍咒，不服帖也得自愿屈从。

总是到了下班时分，副班长才如释重负地点燃最后一支烟，美滋滋地抽起来，而且一定会来上一句："还好，总算屏过来了。"听听，是不是蛮有点作孽兮兮的？

还有一位海军潜水艇上的水兵复员到了炉子间甲班，老是自吹自擂说海底潜水兵的身体素质绝对比天上航空兵的好，不信来比比肺活量。他最拿手的节目便是随便拉过一条长板凳，一只手臂一撑，便把整个身体倒立了上去！

可别小看他，他曾获得20世纪60年代的全国马拉松长跑竞赛冠军！

大概是温州人的关系，水兵颇有些搞活经济的头脑，时不时会从家乡弄一些款式新颖的男女皮鞋来厂里，捣鼓着卖给其他车间的同事，比如两接头、三截段的相拼式尖头皮鞋，放在今天也绝对不输给那些名牌新潮皮鞋。关键是，你买下了敢不敢穿出去？别忘了那是一个动辄“千万不要忘记阶级斗争”的大时代。

有一次夜班，水兵偷偷把我拉到楼上更衣室，打开他的更衣箱，一双双奇形怪状、五颜六色的皮鞋直晃眼。他开价也不贵，可我只能很坦率地告诉他：“你看我是穿这种皮鞋的料吗？”他哈哈大笑，不无自嘲地说：“看来我好像是有点寻错了人头！”接着把手往我面前一伸，说：“来，小阿弟，弄根香烟抽抽，我今朝夜里断粮了。”

我给水兵香烟的时候，忽然很小心眼地怀疑他拉我到更衣室的真正目的。因为他很清楚我不是穿那种皮鞋的料，更明白他从来不大会把尖头皮鞋卖给炉子间的人——他后来说出一个既冠冕堂皇又颇为胆小谨慎的理由：兔子还不吃窝边草哩。所以，他的买主大多是其他车间里赶潮流的酷哥靓妹，尽管这些人当年在我的眼里似乎不那么正点或者有些流里流气。

水兵很清楚自己所作所为的罪名是“投机倒把”（今天当然可以光荣地正名为“搞活经济”），为此曾受到过N次冲击，被抓去过“集训班”，被关过防空洞。我劝过他，他苦笑着扔过来一句口头禅：“阿哥不就是穷嘛！”我无语。没记错的话，他姓陈。

有时，正当大家在炉子间里放眼子、摇锅子浇头埋首做生活之际，却闻一声呼哨划过，说时迟，那时快，我们目瞪口呆地看到了梳着“前冲三”飞机头型的阿王吹着口哨、脚踩做生活时放铸锅的滑轮车如溜冰一般疾速滑了过来——不不，该叫冰上芭蕾，因为阿王的潇洒姿态和今日的芭蕾王子一样美轮美奂，优雅得让人叫出一个“赞”字来。

厂子里的不少人都知道，阿王是溜冰外加跳舞的“一只鼎”，曾在东宫的溜冰场、跳舞厅里撑过市面，据说招蜂引蝶引来女人无数，惹下了一屁股的风流债，想来其中舞搭子也不在少数。当然，那是在“文化大革命”之前。有些看不惯他做派的人给他取了个难听的绰号“阿飞”。他知道了也不恼，反倒一笑，说，“阿飞”蛮好的，总归飞起来了！

谁也料想不到，阿王居然出生在革命家庭，父亲和哥哥都是革命烈士——一捐躯于解放战争，一牺牲在朝鲜战场。反差如此巨大，说明了我们的传统认知不行或滞后，眼睛过于近视，看不清楚或许这才是生活的真谛罢。

还有一位英年早逝的“小无锡”，身上有着那个年代的鲜明烙印。他是单身，住厂里的单身宿舍，一个房间上下铺一共四个人。“小无锡”是一个脱底棺材，属于一人吃饱全家不饿的穷光蛋，实施吃光、用光、白相光“三光政策”，换成今日的流行语汇即“月光族”，说起话来上海腔夹杂无锡闲话，如此人物上哪儿去找老婆？唯有对“越剧十姐妹”十分上心、如数家珍，甚至还珍藏着“十姐妹”20世纪四五十年代的老照片，不怕“破四旧”地总爱拿出来显摆。

眼见得自己的岁数日长夜大，热心人介绍的女朋友见一个吹一个老不落港，且又不敢像那年头有些大胆的男人在马路上逮着一个女孩便跟在后面自言自语、穷追不舍：“36块一个娘！36块一个娘！”直到女孩子大叫“捉流氓啊”才仓皇离去。“小无锡”虽不屑为之，却也苦恼之极。

有一回，“小无锡”在宿舍里对着三个室友大发牢骚，说如果第三次世界大战爆发就好了，枪声一响，男人打仗，统统死光，不要讲讨一个老婆了，三个五个随便捞一把拣拣！这原本是一句戏话，听过了也就只当风吹过，不料偏偏有一位“革命觉悟甚高”的室友听进耳朵里去了，一个转身向上面作了汇报，这一下“小无锡”悲催了——立时三刻被揪上了批斗台，上纲上线地说他是盼望“帝修反”复辟，对社会主义社会不满，极为反动！

“小无锡”在痛哭流涕地深刻检讨、大骂自己是王八蛋和不是东西的东西蒙混过关之后，在炉子间的防空洞休息室里颇为沉痛地对我说：“唉，真是知人知面不知心，画虎画皮难画骨！平时我们宿舍里四个人称兄道弟、客气来客气去，大家乱话三千瞎讲讲没事体，天晓得这只阿乌卵一举报，人人做证检举我。只有一个睡在上铺的是模子，他当然不敢推翻别人的举证，却说自己当时睡着了，什么也没听到，什么也不晓得，真够帮忙的！”是呵，能这样既撇清自己又不落井下石，可谓够胆量、够智慧！这世上，真懂经者又几人？

“小无锡”后来终究讨到了老婆，却在新婚之夜闹出了一个不是笑话的笑话。第三天夜半时分，他匆匆闯入炉子间的防空洞休息室，局促惊惶地向上夜班的过来人讨教。一番支支吾吾之后，终于道出了一个处男的难言之隐，原来他在床上摸爬滚打两天两夜，偏偏不得其门而入……再后来，他有了一个活泼可爱的女儿。

令人扼腕长叹的是，在一个秋雨绵绵的下午，因居住房子太小，“小无锡”把小囡的尿布拿到炉子间烘干，而后骑上自行车沿平凉路回家，不料大拐弯时一头撞到了对面疾驶而来的25路无轨电车的“大眼睛”（车灯）上，一道魂魄径投西天路上去了……

那时候的炉子间还有一道风景线历久不衰——工人们一上班就把用铝箔包裹的一包包淡馒头放在熔炉上烘烤，下班时取下，撕去铝箔，咬一口，又香又脆，绝不亚于今日西点中的土司干！也有人带回家去给老婆、孩子享用。于是，炉子间的一帮野蛮小鬼便发难了，趁人不备从炉边上拿下铝箔馒头，转过身面对熔炉，拉开裤裆掏出家什，居然对着馒头尿上几行小便，然后原封不动地物归原处。据说烘干后，食用者浑然不觉，依然大口大口吃得很香，只是偶尔有所察觉，吃着吃着便会冷不丁来上一句：“今朝格馒头哪能有一点咸丝丝的味道？像煞是西式咸面包？”众工人便爆出一阵粗野的大笑。

还有一种恶作剧是工人下了班去浴室淋浴，有那好事者竟然穷凶极恶地一把抓过别人的肥皂，不管三七二十一地往自己的毛巾上拼命搓擦——揩肥皂的油。那年头的肥皂也需凭票供应，炉子间虽然很优惠大度地每月限量发给工人，但也不过只有一块半块的。而今想来也后怕，不幸中的大幸源于当年的性病、梅毒、艾滋病还在中华人民共和国的国境线外徘徊，没来得及搭上传染的快车——那个年代的阶级斗争风暴，早已雷霆万钧地席卷一切、荡涤一切！

说来也怪，工人的这类恶作剧也看对象，居然自有分寸，从来不敢越雷池一步——既不向从厂部上层十分落魄地一下子跌进炉子间干苦力的走资派技术权威发飙，也不向天天被揪到阶级斗争大会台上批斗的牛鬼蛇神撒野，对象仅限于阿王那几个流里流气的“阿飞”。因为幕后人便是团支部书记或班长等所谓的“正面人物”。

当然了，那时还风行自己动手做煤油炉子，经济实惠，行情火爆；还有在车床上车出形态各异的手枪式老酒瓶扳头；等等，不一而足。有一个叫“小老大”的，便是这方面的行家里手。他看似是炉子间推小车、送铸块上热轧机的不入流的辅助工，偏偏车床、刨床、钳床、镗床、磨床无一不精，属电灯开关一类的人物——“叭嗒”（百搭）。想想真是屈才了，若是放到动力车间，准是一块好钢！话又说回来，这点点滴滴岂不深刻说明了炉子间是一方藏龙卧虎之宝地？

3

其实，当年的铝材厂还肩负着一项“不足与外人道也”

的秘密使命，那就是试制和生产军工产品。据厂史记载：1963 年，成立军工试验车间并投入试运行；1965—1966 年，试制成功了“空对地”雷达干扰铝箔带，继而不断改进生产了二十余年；1970—1973 年，由上海市革命委员会工交组以会战的形式下达了三项军工产品试制任务——代号为“701”工程的为人造卫星试制铝合金板条；代号为“708”工程的为生产大型民航飞机试制铝合金板材；研究制作“防弹衣”。

颇为荣幸的是，鄙人作为一名操作工人，全程参与了试制“防弹衣”工程。说起“防弹衣”的任务，就不能不提及当年的抗美援越战场；说起当年的抗美援越战场，就不能不提及美军空投的“子母弹”——一朝在空中爆炸，便一变二、二变四、四变八、八变十六、十六变三十二，如此变戏法般呈几何级递增爆炸，对地面人员的杀伤力极巨！

一声令下，“防弹衣”军工组当即成立了，研制“防弹马夹”。由厂部第一把手亲自挂帅，人员则从各车间抽调。依稀记得厂部领导小组由技术厂长及一干工程师组成，最底层的生产小组则由吴贤明、施兆升为组长，组员有管新生、杨启明、陈雅芳、张若维、老王师傅等十余人，还有当时黄浦区委、区府，南市区委、区府及上海市公安局下工厂“战高温”的一些干部并肩作战，他们的姓名我已经记不太清楚了，歉然。

据传达，当年有好些国家各显其能地研究制作了各式各样的“防弹衣”，记忆中有苏联的不锈钢“防弹衣”，有某某国的瓷片“防弹衣”，还有什么国家的丝绸“防弹衣”，等等，不一而足。眯起眼睛，似乎看到了这样的壮烈画面：如同披挂盔甲、护心镜上阵的古代武士一般，人们纷纷穿上了现代“防弹衣”，一声爆炸，子母弹袭来！穿不锈钢者奔出几步便腿脚无力走不动了，盖因“马甲”太重也；穿瓷片者但闻“啪”的一声，“防弹衣”瞬间变成“碎弹衣”也；穿丝绸者则眼前一花，鲜血已似泉涌——此柔不能克彼刚耳！由是中国提出了铝合金材质，要求穿着轻便、子母弹打不穿！

厂史云：1971—1973 年，上海铝材厂的铝合金防弹衣材料试制成功并投入生产——达到了在 7 米内用小口径步枪射击不穿孔的要求，绝对的高大上难度。1977 年 12 月，铝合金防弹衣荣获上海市重大科研成果奖。

那时节，我等工人的神经也绷得紧紧的。一会儿，厂长、技术人员赶去北京汇报了；一会儿，部里主抓这项工作的某某领导因工作不力而被撤职了；一会儿，市里的某某权威因言论不当而挨批关进牛棚了。一句话，九个字：

一切以阶级斗争为纲！真是弄得人心惶惶、高八度紧张。

其实，工人们的冷暖唯有自知。铝材厂原本是纯铝材压延加工厂，一旦上马铝合金材型，轧机首先便不对路，于是那些日子轧辊断裂几成家常便饭。而炉子间铝水出炉之前，须按比例投料锰、镁、氯，顿时浓烟四起，气味刺鼻，呛人不已！我至今记得每到那一时辰，炉子间里人人如临大敌，立时三刻用一方大手帕紧紧捂住口鼻，犹自抵挡不住那一阵比一阵厉害的凌厉气味的攻击！对人体的伤害应该不让今日之 PM2.5 罢？

到了冷轧机工序，忽然连操作工人也不对路了，到得后来，几乎人人谈虎色变！且说那合金板材刚一进入冷轧机，蓦闻“嘎嘎”几声轻响，却是板材因脆而碎裂！操作工人唬得转身便逃，但早已来不及，碎片霎时飞溅，很不幸地射中了他的屁股！他“沙嘎”一声惨呼爆起，一只手立即捂上了屁股，待得挪开，却见一巴掌的鲜血横流！这镜头，很蹊跷地与当年的经典电影《地雷战》中鬼子被地雷碎片击中屁股的桥段如出一辙！

还有更悲催的。合金板材从冷轧机中压延出来，理应平平整整、一马平川、一路飞奔，天晓得猝不及防地来了一个“鲤鱼打挺”，一个猛子窜上了半空，如黑云压城一般从空中压了下来！操作工人躲闪不及，说时迟那时快，“咔嚓”一声，四只手指被飞落而下的钢板齐齐斩断！救护车火速将人送去第六人民医院，却被告知已经无法施展他们闻名遐迩的“断指再植”绝技了。这位终身残疾的操作工人就此提前退出了生产第一线，向门房报到当起了一名门卫。

这样的故事永久地新鲜，但我们毕竟走到了辉煌的终点。有时我会想，斗转星移，当年这些普通工人的默默奉献，又有几人知晓？他们平平常常的遭遇和情怀，尚有几人记怀？这就是大工业生产留在我记忆里、血液中的永久铭印。

那时候，我们浇铸的铸件往往长达三五米，厂子里没有这般庞大的切割机床，便人工用橡皮榻车推到隔壁的上海机修总厂进行切割，几个人前呼后拥、一路招摇地过马路，好不威武！只是大汗珠子毫不争气地漫上了前胸后背、浸透了衣衫裤腿，几分威风中不讲道理地平添了几分狼狈，相映成趣地伴我们浩浩荡荡一路前行。

好在不太久之后，我们几乎走遍了上海的各家工矿企业，一路观摩，一路取经，自力更生地研制出了切割机、铣面机等一应加工设备，终于给“蚂蚁啃骨头”招摇过市的岁月画上了圆满的句号。

在军工小组的日子里，我这个炉前工先后干过车床、刨床、铣床、钳床等活计，“很技术工人”。当写下这一节颇显粗糙的文字时，我从字里行间分明嗅到了当年那一身绽满了白晶晶霜花的工作衣上散发出的大汗淋漓的气息，历经四十余年沧桑而久久挥之不去。

兹以亲历者的身份记录于此，聊以备忘。

4

有些事情分明发生在今天，可你一转身就早已忘却；有些事情分明过去了很多年，可你偏偏永远无法忘怀。岁月的长河就是这样毫不留情地进行着大浪淘沙的游戏，而后在人们记忆的海滩上留下了点点闪光的美丽贝壳……

1971 年 10 月的一个黄昏。想起来，那天一定有一缕收获季节的金风拂上了我的脸。那天，我上中班，正在炉子间里汗流浃背地做着生活。突然，我看见政宣组的负责人王载欣笑吟吟地奔了进来，让我快去他的办公室接听电话，还说是《解放日报》社打来的。当时我肯定是吃了一惊，并且很有些不知所措，而周围的工人兄弟们全都激动起来。我清醒过来以后，才怀着一个初学写作者的那种既有些兴奋又有些惴惴不安的心情飞快地来到政宣组，拎起了搁在办公桌上的电话话筒。

电话里是个很亲切的声音，先是问我还记不记得他们去年曾经寄来一份我创作的反映车间工人生产竞赛的小说校样，接着问我现在能否有时间立即去报社修改一下这篇小说，最后告诉我他们准备在这个星期天刊出这篇小说。我赶紧请示了一下身边的老王，他说他马上和车间打声招呼，还说会给我半天公假。这时，电话里的声音才告诉我他叫谢泉铭，让我去报社后直接找他。

放下话筒后，我才知道，谢泉铭曾在电话里反复向老王说明我的创作情况：尽管那篇打成校样的小说稿一年多来未见报，但作者并未气馁，依然一往情深地痴迷于文学创作，几乎每个月都能收到他创作寄来的小说稿件、散文稿件，颇有些鲁迅先生所赞扬的那股韧劲和毅力，现在报社准备发表他的那篇未刊稿，希望单位党委能同意。

接电话的老王奇怪地问谢泉铭为什么一年前没能发表。他回答说按惯例，发表、出版作品前均要经过作者单位政审，而当初征询单位意见时，接电话的同志说“不同意”，理由是作者一心埋头爬格子自然是不安心于本职工作的表现，走的是成名成家的白专道路……

老王当即答复说十分赞同他的意见，并代表单位表示同意这篇由本厂工人创作的反映生产竞赛的小说发表在党报上，并且很负责任地说自己也是党委成员，有权作这样的表态……

在赶往《解放日报》社的路上，我自是心潮澎湃。我十分感谢这位尚未来得及谋面的编辑谢老师，是他竭力为我争取到了这份创作者原本应当拥有的、然而在那个火红年代里完全被扭曲了的发表作品的权利。我忘不了一年多以前收到小说校样时夜不能寝的情景，忘不了自那以后的每个星期天都站立在报栏下痴情地望着那每周一版的《看今朝》文艺副刊想象着自己的习作变成铅字的振奋，忘不了收到《看今朝》突兀寄来的嘱咐我“好好学习毛泽东思想，立足本职工作，继续努力创作出好作品”的来信后的极度迷惘和失落……

走进汉口路274号《解放日报》社那暗红色的拱形大门、来到《看今朝》那间小小的编辑室后，我终于见到了后来扶持了很多大作家、小作家并且一直被文人们尊称为“老谢”的谢泉铭老师。试想一个初学写作的人有生以来第一回来到了一向被自己认为极神圣的报社、来到了极尊重的编辑面前，那一份虔诚、那一份惶恐是可想而知的。

谢老师或许是看出来了，他先是很随和地与我海阔天空地聊了一会儿工厂的情况，而后才问我将那份小说校样带来了吗。我结结巴巴地说没带，还放在家里呢。他点点头，从办公桌上拿起了一份校样递给我，说：“这就是你的那篇小说，你能不能再仔细看一遍有没有什么可以修改的地方呢?”当我看完了之后，想了老半天，还是说不出个子丑寅卯时，他抽着烟缓缓地谈起了他的修改意见，还虚心地征询我的看法。

后来，谢老师终于递给我一支笔和几页稿纸，我就在旁边的办公桌上很认真地修改了起来。修改完了给他审阅，他看了好一会儿才说有几处改得很不错，有几处仍需再润色一下。这时，我注意到窗外的天色已经黑了下来。他忽然问我晚饭吃过了没有，我有些不好意思，他却说自己也没有吃饭呢，我们就一起去吃饭吧，饭总是要吃的。

吃晚饭的过程是一个很常规的过程。谢老师具体和我谈了些什么，我已然记不清了，大抵都是一些关于文学创作的话题吧，但有一点我至今依然记得，那就是他后来一直嘱咐我要多读一些文艺理论方面的书籍，可惜我至今仍较少涉猎这一方面，辜负了他的一番苦心，不然我也就不会在创作上如此迟钝、如此鲜有进步了。这是我每每一回想起来便要汗颜、心跳加快的一件事。

再回到办公室里的时候，我的拘谨及不安显然大为改善了。孰料谢老师这时却来了个“情理之中，意料之外”，他突然又取出了一份校样，说他其实早已为我改好了，让我自己修改一番，只是为了看看我的改稿能力而已。我看着那份画满了圈圈点点的校样，心底陡然涌起了一股感激的大潮……

后来，谢老师语重心长地说了一段让我铭记了一辈子的话。他说："千万不要因为你的小说见报了，就以为自己的文章写得很不错，其实一篇文章的发表是由诸多因素促成的，就拿你的这篇小说来说，报社打算发工业题材小说，偏偏来稿大多都是农村小说，这才想到了你积压了快一年的那份校样，所以……"

三五天后，我的这篇名为《竞赛》的一千多字的小说终于见报了。尽管许多年以后的今天，我已经发表了近七百万字的中长篇小说，但我依然忘不了那年那月那篇小说。因为那是我涉足小说世界的处女作呵……

子在川上曰："逝者如斯夫。"岁月的大浪早已淘尽了诸多泥沙，唯有记忆海滩上的美丽贝壳永久地升腾着不朽的光彩。原本，在每一个人的记忆深处都会珍藏着那一份真、那一份情、那一份缘的……

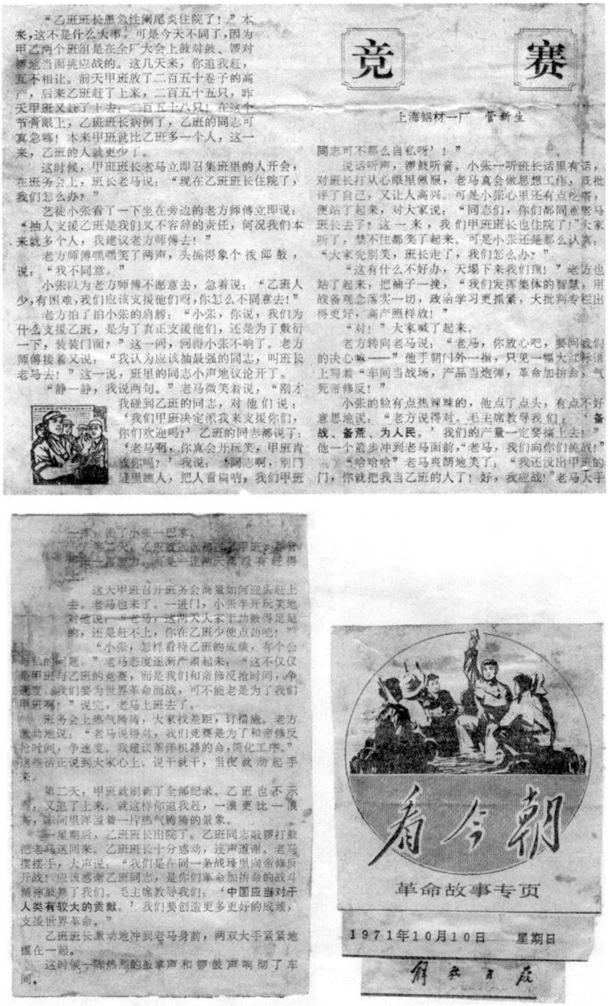

竞　赛

上海铝材一厂　管新生

“乙班班长患急性阑尾炎住院了！”本来，这不是什么大事，可是今天不同了，因为甲乙两个班组是在全厂大会上鼓对鼓、锣对锣地当面挑应战的。这几天来，你追我赶，互不相让。前天甲班放了二百五十卷子的高产，后来乙班赶了上来，二百五十五只，昨天甲班又赶了上去：二百五十八只！在这个节骨眼上，乙班班长病倒了，乙班的同志可真急哪！本来甲班就比乙班多一个人，这一来，乙班的人就更少了。

这时候，甲班班长老马立即召集班里的人开会，在班务会上，班长老马说：“现在乙班班长住院了，我们怎么办？”

艺徒小张看了一下坐在旁边的老方师傅立即说：“抽人支援乙班是我们义不容辞的责任，何况我们本来就多个人，我建议老方师傅去！”

老方师傅嘿嘿笑了两声，头摇得象个拨郎鼓，说：“我不同意。”

小张以为老方师傅不愿意去，急着说：“乙班人少，有困难，我们应该支援他们呀，你怎么不同意去！”

老方拍了拍小张的肩膀：“小张，你说，我们为什么支援乙班，是为了真正支援他们，还是为了敷衍一下，装装门面？”这一问，问得小张不响了。老方师傅接着又说：“我认为应该抽最强的同志，叫班长老马去！”这一说，班里的同志小声地议论开了。

“静一静，我说两句。”老马微笑着说，“刚才我碰到乙班的同志，对他们说：‘我们甲班决定派我来支援你们，你们欢迎吗？’乙班的同志都说了：‘老马啊，你真会开玩笑，甲班肯放你吗？’我说：‘同志啊，别门缝里瞧人，把人看扁啦，我们甲班同志可不那么自私呀’！”

说话听声，锣鼓听音。小张一听班长话里有话，对班长打从心眼里佩服，老马真会做思想工作，既批评了自己，又让人高兴。可是小张心里还有点疙瘩，便站了起来，对大家说：“同志们，你们都同意老马班长去了？这一来，我们甲班班长也住院了！”大家听了，禁不住都笑了起来。可是小张还是那么认真：“大家先别笑，班长走了，我们怎么办？”

“这有什么不好办，天塌下来我们顶！”老方也站了起来，把袖子一挽，“我们发挥集体的智慧，用战备观念落实一切，政治学习更抓紧，大批判专栏出得更好，高产照样放！”

“对！”大家喊了起来。

老方转向老马说：“老马，你放心吧，要问我们的决心嘛——”他手朝门外一指，只见一幅大红标语上写着“车间当战场，产品当炮弹，革命加拚命，气死帝修反！”

小张的脸有点热辣辣的，他点了点头，有点不好意思地说：“老方说得对。毛主席教导我们：‘**备战、备荒、为人民。**’我们的产量一定要搞上去！”他一个箭步冲到老马面前，“老马，我们向你们挑战！”

“哈哈哈”老马爽朗地笑了，“我还没出甲班的门，你就把我当乙班的人了！好，我应战！”老马大手一挥，击了小张一巴掌。

第二天，乙班[illegible]甲班[illegible]一[illegible]，可是一连两天都没有赶得上。

这天甲班召开班务会商量如何迎头赶上去。老马也来了。一进门，小张半开玩笑地对他说：“老马，这两天大家干劲鼓得足足的，还是赶不上，你在乙班少使点劲吧！”

“小张，怎样看待乙班的成绩，有个公与私的问题。”老马态度逐渐严肃起来，“这不仅仅是甲班与乙班的竞赛，而是我们和帝修反抢时间，争速度。我们要为世界革命而战，可不能老是为了我们甲班啊！”说完，老马上班去了。

班务会上热气腾腾，大家找差距，订措施。老方激动地说：“老马说得对，我们竞赛是为了和帝修反抢时间，争速度。我建议革洋机器的命，简化工序。”这些话正说到大家心上，说干就干，当夜就动起手来。

第二天，甲班就刷新了全部纪录。乙班也不示弱，又追了上来。就这样你追我赶，一浪更比一浪高，车间里洋溢着一片热气腾腾的景象。

一星期后，乙班班长出院了。乙班同志敲锣打鼓把老马送回来。乙班班长十分感动，连声道谢。老马摆摆手，大声说：“我们是在同一条战壕里向帝修反开战！应该感谢乙班同志，是你们革命加拚命的战斗精神鼓舞了我们。毛主席教导我们：‘**中国应当对于人类有较大的贡献。**’我们要创造更多更好的成绩，支援世界革命。”

乙班班长激动地冲到老马身前，两双大手紧紧地握在一起。

这时候一阵热烈的鼓掌声和锣鼓声响彻了车间。

看今朝

革命故事专页

1971年10月10日　星期日

解放日报

在《解放日报》上刊登的小说处女作《竞赛》

5

而今有人为钱、有人为权、有人为升官在拼命钻营、在削尖脑袋、在反复折腾，而当年的整整一代人，几乎全都为文化饥渴而呼号、奔走、拼命钻营、削尖脑袋、反复折腾！书籍，尤其是文艺书籍，哪怕仅有一本，哪怕缺胳膊少腿、剥光了封面封底扉页只剩下“内衣内裤”，偏偏全都成为我们望梅止渴的稀世珍宝。

无他，唯两个字耳：缺货。因为最向往的，便是最为珍贵的。

那一年的冬天，我在江西插队落户的弟弟回沪过年，给嗜书如命的我带回了一件珍贵的礼物——巴金的一本小说集《萌芽》，尽管封面、扉页均已荡然无存，我却如沐甘霖，对集子中的《春天里的秋天》《雪》《砂丁》《利娜》爱不释手。因为在那个年代，能得到这样一册名著，不啻“红光照我天灵盖”，幸甚幸甚！

当这本《萌芽》几乎被我翻烂了的时候，我周围一些喜爱看书的朋友也开始纷纷沾光——私下里悄悄然传阅了开去。不料有一回给厂子里的一位朋友借去，竟然半年不得归还。我终于没憋住，愤愤然上门问罪，他面有难色，半晌才道："书被一位朋友借去，三个月前已被他厂里的保卫部门充公……"我在大惊失色之下，难免怀疑他大有"黑吃黑"之嫌疑，孰料他却拼命叫起冤枉来。

原来，他的朋友也是一名"书痴"，过于钟情《萌芽》，居然胆大包天地带到厂里机床旁偷看起来，直看得如痴如醉不知今夕是何年，待得一只大手一把抓去了他手中的书时，他犹自大叫"不要捣卵蛋"！好不容易透过那副高度近视眼镜方才认出抢书人竟然是武装保卫科科长，顿时吃瘪，当即被戴上一顶"看黄色小说"的帽子，随之又痛哭流涕地交上了一刀、二刀、三刀"狠触灵魂"的"检查书"。那位武保科长还想乘胜追击"扩大战果"，要他交代书的主人姓甚名谁、在哪里工作，这一回他的表现有点像"革命烈士"了，一问三不知，威武不屈，坚不吐实……

我哑然。离去之前，只能丢下了一句大不甘心的话语："我不管发生了什么事情，但《萌芽》这本书我是绝不会放弃的——我相信，总有那么一天……"

不知是过了三五个月还是七八个月，我忽然获得了一个消息：那位"人还在，心不死"的"失落"《萌芽》的朋友居然敢冒天下之大不韪地闯进武保科去索书，这一闯顿时让他发现了新大陆——那位武保科长正襟危坐于办公桌前，目光九十度垂直下落，悄悄然在如醉如痴、津津有味地看一本摊开在拉开的抽屉中的书！他当即认出那书正是《萌芽》！一个箭步上前，以百分之一百的革命派的严正口吻道："你在看充公的黄色小说，该当何罪！"不料对方一边不动声色地关上了抽屉，一边一巴掌拍在了桌子上："你敢来教训我？告诉你，我这是在用革命的大批判眼光看这本书，找找它的毒素到底在哪里！随便你告到哪儿去，我都不怕！你休想翻案！"这副铁杆革命派的嘴脸自然唬得这位朋友落荒而逃。

听到这个消息，我实在高兴。我不管别人用什么眼光去看《萌芽》，只要书还在，那么总有一天它会回到我的手中。

日历掀得很快，终于到了这一天——我从《解放日报》上读到了一条新闻消息，上海各界代表进京瞻仰毛主席纪念堂，巴金先生的名字赫然在目！这时当然已是"文化大革命"画上句号了。放下报纸，我立即跑到门房，直接打电话到那家厂，指名道姓找那位武保科长。

武保科长来接电话了。他问我是谁，我直截了当地告诉他我就是那本《萌芽》的主人。这句话一下子触发了他的"阶级斗争"神经兴奋点，他对着话筒大叫起来："好哇，你这个埋藏得很深的家伙，今天终于跳出来了！"

我打断了武保科长的话，请他别过于兴奋，也别过于慌张，我打电话的目的只有一个，那就是《萌芽》可以物归原主了。我说："像你这样高觉悟的人一定'天天读'党报吧？那么你今天一定从党报上看到了巴金先生的大名吧？这意味着什么，你一定比我更清楚吧？"他一下乱了阵脚，连连说："不可能，不可能。"

我一边劝武保科长赶快去学习党报，一边以"极左"的口吻告诫他："你一定要将'毒草''黄色'之类的帽子套在《萌芽》头上，也可以，但是你为什么不将这'毒草''黄色'上缴或者销毁呢？偏偏将它留在了自个儿的身边偷偷欣赏！我敢肯定，你不但自己阅读，而且一定还'扩散'给亲朋好友看过了！"

也许这一刀正戳中了武保科长的要害，他冷不丁地吼叫起来："你敢把你的姓名和单位报出来吗？"我笑了。我老老实实地告诉他，我是上海铝材一厂的工人，名字叫管新生。我愿意陪着他上任何地方去评理。现在，完完全全应该是物归原主的时候了！如果他仍不愿意为《萌芽》洗刷莫须有的罪名，那么别怪我把事情"搞大"！当然，如果他也是巴金著作的爱好者，那么以后我们可以交流交流读书心得。不知是这些话语烙人，还是他的话筒烫手，他一下子便将电话挂断了。

一个星期之后，《萌芽》终于完璧归赵，至今一直高踞在我的书架之上。

2018 年 11 月 25 日是巴金先生诞辰 114 周年纪念日，将这一节《萌芽》的故事奉献给读者，想来应该也是有些特别的意义罢。

第十二章

往事如烟·记忆不灭

上海市
文攻武卫

1

记忆中，那些年的秋天似乎与如今的很有些不同，九月底一到，哪怕正在肆虐的秋老虎也立即逃遁得不见了影踪，最为明显的时令特征是十月一日那天一定得换上两用衫，不然嗖嗖秋风便钻你个透心凉。行文至此，思绪便不由自主地被扯向了遥远，牵进那些天高气爽的秋色中去了。

印象颇为深刻的是上面突然来了一道指令，命令我们单位的基干民兵执行一项很常规的政治任务：为了保证每年例行的十月一日人民广场国庆游行的顺利进行，要在天亮以前进入阵地——在南京东路广西北路口筑起一道道“人墙”担任交通管制任务，而大规模游行在上午十时开始。

我们必须在九月三十日清晨三点钟到达厂门口集合，集体坐车去人民广场。这是个尴尬的时间段，公交车还没上班，自备自行车则因暂时条件不具备而买不起。于是我就住在了厂子里的同事王来法家，忘了是在盐山路还是松潘路，反正离厂不远。

当南京路的路灯光晕犹自在闪烁着一片昏黄时，我们已经进入了“阵地”，一切都在按既定程序进行。不过，我们很快便享受到了任务的艰巨性。随着天色一点点地放亮，从四面八方赶来看游行队伍的轧闹忙（上海方言，意即“凑热闹”）市民一点点增多，我们渐渐受到了他们无穷无尽的指责、抗议，发展到后来，甚至有了不成规模的“肢体冲突”。关键是我们必须面对这些躁动不安的人群，背朝浩浩荡荡涌向外滩的游行队伍，所以我们自己根本看不到游行队伍的壮观和风采。当游行结束、我们收到“收队”的命令时，那些被几道人体防线阻挡在外的人流顿时爆出了一阵呼啸，直向南京路冲去！但是，他们非常仇恨地将咒骂抛向了已经撤到路边人行道上的我们。而我们回报给他们的，只能是无奈的一丝苦笑。

国庆大游行其实十分壮观。人民广场上空回响着庄严的国歌，游行队伍最前面是解放军仪仗队，他们高举五星红旗、抬着国徽，继之是工农兵的队伍、各行各业的队伍，还有少先队红领巾的队伍。他们各自穿着极具行业特色的服饰，抬着醒目的大标牌和道具，岂能不吸引全市人民的眼球？

上海工人曾经历史性地一次次举行声势浩大的示威游

行。凡是那个时代的人皆有记忆：我们挥舞着一根根贴着五颜六色写有口号标语纸张的短竹木竿，高举着火红火红的旗帜，甚至还出动了当年洋商厂铜管乐队的工人演奏员，从厂里出发，一路吹打，一路行进，威风凛凛地向区委、区政府所在地进发，到达目的地后高呼一阵口号，然后继续游行回到厂门口。再然后，立正解散，向后转回家。

后来，再后来，我都很荣幸地没有做“人墙”，也没有迈开双腿挥舞小旗子，而是静静地从四川中路33号临近延安东路的轻工业局办公大楼的窗口向游行队伍行注目礼，拥有的完全是一种致敬的心态。

因为那个时候，我从厂里被抽调到轻工业局大批判写作组，学习当年风行一时的一种体裁的写作——小评论。召集人是来自上海梅林食品厂的姜丕基，自称是“临时大总统”，还有一位好像是来自高压容器厂的厂医。姜丕基牛皮哄哄地拿出了一份他被《解放日报》排成校样的小评论给来自二三十个单位的写作组成员传阅，而我们这些还没来得及开眼界见世面的毛头小子只能恭敬而崇拜。

姜丕基有两手绝活：书法和象棋。每到午饭后，我们这些精力过剩又斗志昂扬的朋友便摆开象棋摊头向姜丕基公开叫板了：来来来，杀两盘！往往相映成趣的是，我们十来个人为一方，姜丕基独自一人成一方。起初，他还一本正经地和我们过招；后来，他终于看穿了我们几斤几两的小儿科水平，索性背过身下起了“盲棋”！我们十几个人商量半天方才走出一步棋，而他却是手起棋落，落子飞快，斩你于马下没商量。十盘八盘，五天十天，结局总是如出一辙：赢者为他，输家属于我们绝大多数人！后来，我们实在输得不甘心了，便使出了歪招：偷他一只车、一只马、一只炮，反正他背朝大家，身后不长眼睛！但屡屡被他识破，说我们赖结皮！他很老卵地告诉我们，他的这一手棋艺是跟大名鼎鼎的窦国柱老先生学的！“窦国柱是啥人倷晓得哦?”大家异口同声地说：“阿拉不认得!”于是一阵哄笑爆起。至于他的书法是跟谁学的，我忘记了，只记得当时人送他外号：祝枝山。

后来，轻工业局大批判写作组写作小评论的学习结束了，我和姜丕基也已成了好友，并且与未来的诗人袁金康一同结为了“三剑客”，时不时地还到他厂里“揩油”购买一些梅林牌午餐肉、红烧脚圈、凤尾鱼、炼乳、糖水橘子等罐头食品，只不过那些罐头有点像踏扁了的钢精锅子，只卖很便宜的处理价，三分钱、五分钱一听。当然，质量保证过关。在物资匮乏的年代，那就是绝对美味、绝对上品的了。

再后来，改革开放以后的20世纪80年代初，姜丕基和高压容器厂厂医先后考进了《新民晚报》，成为名动一时的名编和名记。

2

那个年头的文艺很奇葩地进入了一个禁锢的世界，除了声势显赫的八个革命样板戏，图书《欧阳海之歌》《金光大道》，电影《地道战》《地雷战》（偶尔可见音乐歌舞史诗《东方红》的上映）以及国家领导人会见外宾的诸多纪录片之外，几乎没有其他新鲜的面孔。也许是有关方面注意到了，于是在内部放映批判影片《林家铺子》《不夜城》《武训传》等，公开上映苏联的《列宁在一九一八》《列宁在十月》，逐渐开放了一些很久以前拍摄的国产故事片《钢铁战士》《打击侵略者》《古刹钟声》《寂静的山林》等，同时开始引进了社会主义友好国家的影片。看多了，老百姓中间也流传开了一些不无调侃的观后感，特记录如下。

“朝鲜电影——哭哭笑笑。”朝鲜电影大多像是从一个模子里倒出来似的：一定是在万恶的旧社会，一定是穷人受尽地主的残酷剥削，痛苦不堪、抱头痛哭；接着就是解放了，在金日成主席——“慈父般的领袖”的领导下，人民过上了幸福的生活，一个个开怀大笑。那时的朝鲜影片有《卖花姑娘》《在灿烂的阳光下》《摘苹果的时候》《鲜花盛开的村庄》《看不见的战线》等。

“越南电影——飞机大炮。”其时我国正在支援越南进行抗美卫国战争，每一部影片总少不了越南大炮在怒吼和美国飞机在轰炸，到处是一片火海焦土。那时的越南电影有《回故乡之路》《琛姑娘的松林》《阿福》等。

“阿尔巴尼亚电影——没头没脑。”说的是这个国家的电影常常让人看不懂。不知道是两国的文化背景、审美情趣以及地理位置不同的缘故，还是官方在审查时删除、剪辑得太厉害，造成上下衔接脱节、前后故事不对的缘故，反正观众看起来就是感觉莫名其妙。那时的阿尔巴尼亚电影有《贝尼自己走》《宁死不屈》《海岸风雷》《战斗的早晨》等。尤其《第八个是铜像》影片中的许多对白成为当年中国观众的流行口号，如“消灭法西斯!”“自由属于人民!”“嗨！希特勒!”上海电影译制厂的精妙配音使之成了一时的经典。

“罗马尼亚电影——搂搂抱抱。”当时所有外国片中，就数罗马尼亚电影在男女关系上最为大胆暴露——充其量也就是敢于让男女主角搂抱在一起。但这在中国当时极端禁欲主义盛行的年代已经是破天荒，看得人眼珠子都要掉出来了。那时的罗马尼亚电影有《初春》《多瑙河之波》《斯特凡大公》等。

你看这四句总结性的歇后语，尽管充满了草根韵味，但还一本正经地押了韵呢！民间的创作人才太有料了！

记得当时有不少人津津有味地一遍遍去看《列宁在一九一八》，简直百看不厌。说来说去，就是因为里面有《天鹅湖》中的四小天鹅穿超短裙、赤裸着大腿跳芭蕾舞的桥段。今日想来，肯定只是望梅止渴的心态在作祟而已。

那时节，掌管厂子里电影票的人属于路道粗的朋友，姜丕基便是梅林食品厂管电影票的人。后来，也许是厂部政宣组经常让我出黑板报的缘故，也许是一来二去觉得我是个可信赖且有点工作能力之人的缘故，再加上每次发放电影票时，各车间、各班组总是摆不平，吵相骂骂山门（上海方言，意即“吵架、骂人”）实在是家常便饭，于是决定把我推到前台，管起全厂电影票的发放。这一来，我简直是老鼠跌进了米缸里，近水楼台地走进了电影的大千世界里——尽管电影品种有限得可怜，尽管电影内容是清一色的革命色彩。

当然，在当上了这个芝麻绿豆官的同时，我也开始身不由己地收获有人捧煞我、有人骂煞我的十二级风暴。看来，还是俗话说得好：无官一身轻，尽管也烦恼。

3

在那个年代，我有一节很另类的经历，在当年似乎是一种很荣耀的提升，后来证明了那仅仅是昙花一现的人生插曲。

有一天，厂里的第一把手突然来车间里找我，说："市里要抓一个重要项目，创作上海民兵的长篇小说，人员由工人业余作者和出版社编辑组成，我向上面推荐了你，他们同意了，你明天到杨浦区民兵指挥部报到，厂里就暂时不要来上班了。这个时间段大概需要一两年，你要好好珍惜。"

我呆住了。这是一个出乎意料的消息，尤其对一个在笔耕路上刚刚起步的文学青年来说，这完全是天上掉馅饼的大好事呵！两行诗，陡然掠过了心头：仰天大笑出门去，我辈岂是蓬蒿人！后来的事实证明，我仰天大笑得太早太早。当然，这不是我的错，而是太年轻的错。

我兴奋得一夜不眠。奇怪的事情发生在第二天早晨，厂部来了一个传呼电话，让我立即回电。那时的我已在阶级斗争的风浪中茁壮成长，犹豫了半晌决定不去回电，而是跳上脚踏车先去报到了。中午，我给厂部回电，厂部却很蹊跷地说没什么事。后来我才知道，厂子里跟着我学习创作的一个朋友也想来争夺这块蛋糕，整个夜里泡在厂里给上层人士做沟通工作，头头决定让他取而代之，于是才有了早上的那个电话。消息灵通人士说："幸亏你没回电话，你回电话时已经报到完了，厂里才作罢，否则你便去不成了。"

谁也没有料到，故事的结局竟然如同故事的开始一样令人猝不及防。半年后，全部的采访工作刚结束，还没来得及写小说大纲，就倏地因天灾人祸而宣告中止。连我在内一共四个人的创作组忽然莫名其妙地四去其三：一个去医院生孩子，两个患病倒下了，仅剩下了我光杆司令一人，只得回到厂里炉子间"抓革命，促生产"去了。这，也许是一种命中注定。

一年后，上海民兵创作组重起炉灶时，名单上已经没有了我的名字，毫无悬念地被厂子里那个朋友取代了。是呵，在阶级斗争风行的年代，不少人的手里都有了两把刷子，尤其是自诩为聪明人的那一类，这原本也是怪罪不得任何人的。

又过了一两年，"文化大革命"结束，上海民兵创作组的成员忽然被上纲上线地统统打入了"二清查对象"的黑名单，有的被停工资，有的被党纪处理，厂子里那个朋友也身陷其中无法自拔。而他们创作的长篇小说《铁拳》尚在印刷厂待印，最后只能化作了纸浆回炉。

这时，我不由自主地想起了八个字的成语：塞翁失马，焉知非福。是呵，感谢老天爷有眼，让我这个“很书生”的文学青年逃过了真正的一劫——那个年代大如天的“政治问题”呵！世间万物，生生灭灭，万般算计，皆由天定。一如俗语所云：千算万算，不如老天爷一算。

杨浦区民兵指挥部位于控江路江浦路桥下，老百姓称之为“八机部”，是一个专门抓流氓关人的地方，也是让平头百姓既感神秘又有点吓佬佬的地方。反正，民间传说有很多。

民兵指挥部给了我们一间专用的办公室，来自化工厂、铝材厂、纺织厂、毛纺厂的四个业余作者和出版社的一位编辑，算是成立了民兵创作组。有时，我们也会去出版社开会，听中央文件的传达——那时上海所有的出版社都归并成了一家：上海人民出版社。

姜丕基得知我这一消息后，觉得机不可失，时不再来，特地为我开出了一份长长的参考书目，说我应借此良机要出版社以革命的名义去图书馆借阅，多看一些被禁的世界名著，也可以充实充实自己。那书目上的作家与作品我已回忆不出了，但至今犹自记得一人：苏联作家费定。可怜那

杨浦区业余文艺创作组组员证

时的我，压根不知费定或者费不定是何许人也。

书单被出版社的编辑送上去以后，有一天来了一个叫任大霖的人——我原本只知道他是很有名的儿童文学作家，大概那时已成了头头罢——狠狠地训了我一通，说这书单上全是“封资修”的玩意儿，怎么可以借阅？连碰都不能碰！我无语。后来想想，不知这是他“很红色”的真实想法，还是为了保护青年作者的托辞？于今，任大霖早已作古，一切均不得而知了。

当时，经常在绍兴路74号碰头开会交流的，除了民兵创作组，还有公安创作组（后来写出了长篇小说《斗熊》），最牛皮哄哄的是已经拿出了长篇小说《虹南作战史》的农村创作组。

我们先后采访了上海矽钢片厂、上海柴油机厂、上海中国纺织机械厂、国棉十七厂、国棉卅一厂等，均是工总司造反起家的单位。名义上是说写上海民兵即“文攻武卫”成长斗争史的长篇小说，其实明眼人或许能看得出来，实质上是为某些人歌功颂德的。

4

其实，在那半年的采访活动中，还是发生了两件使我终身难忘的事，说来都与我们当时驻点的区民兵指挥部有关。当然，如若当时的时空穿越到了今天，那绝对能成一流的黑色幽默。

有一天才上班，我们创作组的成员之一“怀孕女”神色慌张地奔进了办公室，说：“出事体了，出事体了……”这是一个来自毛纺厂工会的面目清秀的女干事，婚后好久才怀上，已有四五个月的样子。她平素话语不多，无论别人说什么，都只是嫣然一笑，即便开口说话，也一向细声细气的。大家都十分奇怪，问她到底发生了什么事情。

“怀孕女”叹了口气，说：“一个多礼拜以前，你们还记得老王（也是创作组成员之一，即后来的病休者之一）的一个朋友来到了我们办公室，海吹胡聊说起了那位‘文化大革命’旗手特邀一位外国女作家为她‘树碑立传’撰写《红都女皇》的故事吗？那位朋友口头文学的功夫甚是了得，说得有鼻子有眼的，疑似直接参加了中央最高层的活动，起码也是在场的人物之一……”

大家全都点头说，记得记得，这种小道新闻海了去了，大家全都听过算数……“怀孕女”连连摇头，说：“你们算数，我没算数！那天回家吃了晚饭后，一位邻居来串门，我想起了这个故事，就吹了给他听……”

这时，门扉一响，老王的朋友无巧不成书地一头闯了进来，哈哈一笑，说：“这种故事多来兮，等一歇我再给你们吹吹那《红都女皇》的续篇……”

“怀孕女”杏眼一瞪，说：“我要喊侬爷叔了，已经吹出事体来了！我那个邻居第二天到厂里一吹，下午全厂都传遍了，结果汇报到上面去了！市里的头头那个‘马老’当即作了批示：这是严重的反革命事件！公检法和民兵指挥部一定要追查出这一政治谣言的幕后人和源头！”

老王的朋友犹自不信，一脸的无所谓，说让他们去追查好了，查来查去查不清爽的……“怀孕女”冷冷一笑，说：“你也太低估我们无产阶级专政机关的能力了！只过了一天，我那个邻居就被追查了出来！告诉你，我那个邻居是上海某钢铁厂的团委书记，万人大厂照样把他从人山人海中揪得出来！这一来，他的团委书记被撤职，党籍被开除，连女朋友也吹掉了……”

老王的朋友紧张起来了，连连发问，说：“现在，现在怎样了？”“怀孕女”苦笑了一声，说：“他被关押在市民兵指挥部已经一个礼拜了，经受了无数次审讯。人家要追查到底的是谣言源头。他想无论如何不能出卖我这个邻居，就自以为聪明地编了一个谎，说是在粮店买米时听到不认识的人讲的。我们现在到了区民兵指挥部才弄明白，原来民兵指挥部这块招牌是由公检法和民兵四家组成的。他也不想想，审讯他的那些人都是来自公检法的，其中不乏预审科的高手，要人开口还不是小菜一碟？那些人让他在供词后面签名画押之后，才告诉他，他这是小儿科的把戏。‘你去粮店买米，必须用购粮证登记，你说吧，你是听到排在前面还是排在后面的人讲的？我们只要去粮店跑一趟，这个人的姓名、地址马上一清二楚，你还坚持是在粮店听来的吗？’我那邻居目瞪口呆，当时就傻在了那儿。审讯人员冷笑，说了句，‘小阿弟，你在我们面前白相花招，实在太嫩了一点！’”

我忽然想到了一个问题，说：“你怎么会讲得这么清楚？有关部门找过你了？”“怀孕女”摇头，说：“他们来找过我的话，就没这么太平了，我今天根本连上班都来不了了。昨天晚上，我那邻居被体现宽大政策，开恩放他一个晚上回家，让他好好体会一下自由自在的生活是多么美好，今天一早必须重新回市民兵指挥部报到，说再不讲老实话就没有好下场了！尽管他一再对我说，绝对不会把我这个邻居阿姐供出来，但我告诉他一定要把我讲出去，那种地方他是吃不消的，你无法不招供……”

老王的朋友突然从椅子上跳了起来，仿佛被通红的钢针狠狠扎了一下屁股，说：“我走了，我走了，这种事体和我不搭界的，我从来不晓得什么《红都女皇》不《红都女皇》的！”他一溜烟似的开门走了。没有人发出笑声，连一丝动静都没有。每个人的心头都似乎被什么东西压着，沉甸甸的。

“我看，只剩下一条路可以走了。”老王开口了，“反正是我朋友信口开河闯的祸，我去找区民兵指挥部头头坦白交代……”“怀孕女”叫了起来，说：“不可以！你和我邻居不认识，你去交代，反而说不清了。”我也直点头，说：“对，解铃还须系铃人，老王不能去，要去也只有她去。问题是，你怎么解释是从哪里听到这政治谣言的呢？千万不能再说粮店什么的了。”

“怀孕女”站起了身，说：“我现在就去坦白交代，就说，就说是在马路边的公交车站候车时听到的……”大家一致认可，这可是个查无实据、死无对证的地方。“怀孕女”抱着一腔英勇就义的大无畏气概走了。

下午，警报解除。区民兵指挥部很快向市民兵指挥部作了汇报，市民兵指挥部又向市里头头作了汇报，最后的指示来了：大水冲了龙王庙，自家人打了自家人，可以不予追究，但传播人员要加强教育！

那个邻居也随即被释放回家，无奈原先在他身上的一切附加值统统离他而去，什么团委书记，什么党籍，等等。不过，总算是不幸中的大幸了，那年头这可是要杀头的罪！

他，也知足了。

由此，我知道了一件事，原来区民兵指挥部的招牌还是蛮吃分量的。

5

有一些琐事碎片，今日思之，颇可玩味。因为其属性，可无出其右地归于那个时代的症候群。

有一天晚上，民兵指挥部要有“行动”了。由于我们之前便向他们屡次提出要跟队体验生活，这回总算爽快地答应了。但也很诡谲，先是说晚上有重要精神要传达（这在当时是家常便饭），让大家下班后去食堂吃饭，先别回家，然后直到行动前一刻才正式通知我们参加行动，让我们分头跟随不同的小分队出发。或许，这属于机密一类吧，顿时平添了几分神秘感。

带队的是区公安分局的老刘，人称刘科长，驾驶员也是分局的警察，都唤他小韩。我很受优待地与老刘同坐一辆三轮摩托车，我坐小韩身后，老刘坐跨斗，而众多“文攻武卫”民兵则乘坐大卡车，风驰电掣般开进了一家工厂的大门，没记错的话，是上海正广和汽水厂，目标是工厂里的集体宿舍，目的是：清查户口。

民兵们下了车，各奔目标而去。我和老刘、小韩三人无事，便晃进了一间双层床林立的宿舍。只见电灯闪着昏暗的光芒，有人在下铺三五成群地打杜落克，有人在呼呼大睡，独有一人在上铺靠近电灯的地方手执一卷书，恍似老禅入定，两耳不闻窗外事。

小韩凑近那人一看，顿时大惊失色，一声惊呼爆起："你胆子不小哇，竟敢看黄色书！"话音未落，一掌早已飞出，直劈在"黄色书"上！"哗啦"一响，此书直飞落尘埃中去了。

老刘是我们三人之中唯一穿警察制服的，他站在门口不言不语，沉默地看着室内发生的一切。而已经进入房间的我看了看上铺的那位，但见他一脸惊愕，翻身看着满腔怒火的小韩，一时惶惶然不知所措。后来我才知道，他们这一屋子人是来自黄山茶林场的上海知青，到正广和汽水厂"战高温"，一战就三两年没回去。

也许是"黄色书"三个字拨动了敏感的神经，我一个箭步上前捡起了那本书，书名顿时映入眼帘：《唐宋词一百首》！信手一翻，没错，我的家里也有一本。少不更事的我完全忘记了自己的身份，更忘记了自己是来执行任务的，居然摇摇头，一笑，说，啥个黄色书啦，唐宋词呀，又不是黄色的啰。说着，竟将那本书往上铺读书人的怀中一扔，说，放放好，没事体。上铺读书人顿时如释重负，朝我露出了一丝笑容，低声说，谢谢侬！

我突然想到了什么，一回头，只见小韩狠狠朝我瞪了一眼，甩手出门而去。我这才感觉似乎不太妙，连忙抬眼望向了门口的老刘，他却是不动声色，仿佛什么也没看到、什么也没听到。只是，在出了门之后，他将我唤到了一边，轻声慢语地说出一番语重心长的话来："小管，在任何行动中，自己人都有可能犯错，我们可以回家以后关起门来狠狠批评，但不可以在当事人的面前挑错。这是纪律。"

我的脸红了。我知道自己犯下了低级错误，喃喃地说，对不起……老警察的话，我铭记了一辈子。是的，我感激他，让我明白了做人做事的真谛。小韩走了过来，轻轻往我肩上擂了一拳，大声说，上车！摩托轰鸣起来了……

又有一回，正值全市统一"刮台风"（即采取革命行动），我又和老刘、小韩一组。当时已是深秋，当我们从小巷深处一户人家带走"嫌疑人"的时候，我看了看他那单薄的衣着，便有意提醒了一句，说，带上一件薄棉袄吧。因为我知道他本无罪，仅是擅离外地军垦农场久久不归，农场几次三番发来电报要求上海警方扣押他，老刘他们也头疼，即使关进民兵指挥部又能奈其何？商量的结果是农场若在 48 小时之内不来提人即释放。而关押嫌疑人的那间水泥屋子朝北，又狭又小，仅孤单单一张床，冰骨水阴冷得很。

这家伙身体蛮结棍，对我的提醒浑不当一回事，说，没事。我冷冷一笑，说，有事没事全是你的事，听不听在你。他愣了一愣，看了看我，改口说，好，听你们的。他转身进屋，奔上阁楼去取棉袄了。这时，我忽然看到老刘悄悄向我竖了一下大拇指，而小韩却转过脸去，偷偷笑了一声，又咳嗽了一声。

在那不同寻常的岁月里，在那特殊的环境中，毕竟每个人都在成长，只不过方式有异而已。

第十三章

十年一觉·大学梦

1

其实，虽说我是在大炉间的熔炉前摸爬滚打，但心中始终有一个驱之不去、挥之不散的梦，那就是魂牵梦萦的大学梦，虽然彼时已为中央明令禁止。

至今长相忆，当年中学的班级里有一同学张宝琥，是英语课代表，在她被分配去崇明农场之前，天天捧着个英文书在阳台上或低声吟哦或高声朗读，仿佛中央没有发过暂停高考的通知似的，绝对是工人新村中的奇葩。应该说，她正是我们那一代人渴求读书的缩影。

于无声处偏然有惊雷。忽一日，传来了“大学开始招生了”的消息，起初以为是谣传，最后才“验明正身”，原来是有中央文件做证的，真是天方夜谭式的久旱逢甘霖呵！

这就是源远流长的“工农兵大学生”的源头。可是在当年，谁有资格取得单位的推荐？谁又会得到单位的青睐？唯有靠自己厚着脸皮地“毛遂自荐”了。该找什么人？路往哪里走？人往何处行？弄到后来，“毛遂自荐”的并非我本人，而是变成了我的老父亲。

原来，那年头，不知怎的，我忽然特别想考戏剧学院，说不清是一种什么心态，大概是受“毒草”书籍和几位文友的影响罢，于是和袁诗人踏着脚踏车到延安西路的上海戏剧学院咨询了几次。袁诗人呢，是为了摆脱在沪东造船厂代训的四川422保密厂委培生的命运。其间，他还带我去了上戏的女生宿舍找了他的朋友、已然在上一个年头进了戏文系的项纯丹，听她牛皮哄哄、一脸春风得意地海吹神聊考试秘诀——天晓得，后来全不管用——甚至还去了她在北京东路西藏中路的老房子，见到了她的父母。项纯丹毕业之后，到上海文艺出版社当上了编辑，一直干到退休，享受高级职称待遇。

不久之后，此事便被我父亲知道了，他也不言语，悄悄去找了他单位的老领导——世间之大，居然是如此地无巧不成书，刚从走资派行列中“解放”出来三结合的该同志，竟然被派遣到了戏剧学院担任工宣队的营教导员！至今犹记得姓邵。父亲是带着我发表在报刊上的文章剪贴本，冒着七月里的毒日头，拖着中风后尚未痊愈的身子，一瘸一拐地倒了三部公交车去的。

不料，这位营教导员外出公干了。父亲一连去了三天，天天坐等到当日的夜半时分才疲惫不堪地回家。最后一天总算见到了。那位营教导员看了我的见报作品，又详细问了我的情况，沉吟半晌，说："我们会通过有关工业局进行政审以后再通知他本人的。"

一切均发生得那样突兀、那样令人措手不及。有一天清晨，当我做完最后一个大夜班，去楼上淋浴间冲洗完毕，去食堂用过早饭以后，笃悠悠地准时在早上六点钟下班走出厂门口的时候，突然被门房门卫叫住了。他把一份通知递给了我，还很好意思地连连对我说不好意思、不好意思，又说是厂里头头关照等我夜班做出来放班时再交给我的，关键是不能影响厂子里的"抓革命，促生产"。

我接过通知一看，呵呵，要命了，当天上午八点整——也就是两个小时之后，请我参加上海戏剧学院在轻工业局会议室举行的戏剧文学专业书面考试！怎一个"晕"字了得！但正因为如此，走进四川中路33号轻工业局会议室的时候，我可算是第一位报到的好学生。

考生们很快就到齐了，上戏的老师也来了。老师要大家自报门户，印象深刻的是一位穿军装的海军同志，自我感觉良好地以一口标准的普通话作开场白；还有一位是八一电影机械厂的，周姓，后来也与我成为文友。反正，个个都以为自己是文昌星下凡、李太白再世。

上午考试的课目是文化知识，内容忘了，早已还给了那间会议室。下午的考试至今记忆犹新。老师在墙上挂出了一幅宣传画，名曰《鱼水情》：墙边摆放着一溜排的军用跑鞋，对面地铺上是一排入睡的解放军战士；灶台旁，一位小女孩在全神贯注地往军用水壶里灌水，身后门帘低垂……考试的要求是，用散文或诗配图作文。

尽管连着做了六个大夜班，尽管被文化知识考试折腾了一上午，但我心中的创作激情还是蛮汹涌澎湃的，因为这是久违了的高考呵！在考试时间快到点的时候，我居然涂鸦出了一首叙事诗——这可是小说与诗的连体结晶呵，心中别提有多得意了！于是，我十分自豪地抬起头来很牛皮地向那幅宣传画瞪了一眼，忽然就傻大叉似的定格在那儿一动不能动了！

天哪，我怎么会犯下一个如此致命、如此低级的错误——夜班综合征导致的头昏脑涨加头晕眼花，让我竟然将影影绰绰勾绘在门帘后面一位提着热水瓶的老大娘给看走了眼，漏掉了，没有了……

要改，要彻底修改！可是，监考老师收卷了！我慌忙向老师说明原委，老师只是笑笑，说："我们会从你的文章中看出你的文学水平的……"这样的话没错，却是绝对的废话，根本作不得数的。

呜呼，我考砸了，理所当然地考砸了……

这是1972年的夏天。一个苍白着脸的季节。

2

大学梦的延续故事发生在六年之后，1978年的盛夏。

轻翻一页风雷动。1977年10月12日，国务院批转了教育部《关于1977年高等学校招生工作的意见》，废除推荐制度，恢复文化考试，择优录取。这标志着中断了11年的高考制度正式恢复。

与过去的惯例不同，1977年的高考不是在夏天，而是在冬天举行的，有570多万人参加了考试。虽然按当时的办学条件只录取了不到30万人，但是它激励了成千上万的人重新拿起书本，加入求学大军中。

最初恢复高考的冬、夏两季，全国有1160万人参加了高考，也是迄今为止，世界考试史上人数最多、规模最大的一次考试。

无疑，我也是这支考试大军中的一员。

1977年冬，我报考了复旦大学中文系。记得，作文考得很优秀，绝对属于高分，可是数学成绩却趴到了地板上——因为是1966届初中毕业生，数学只教到了几元几次方程式及函数，什么微分、积分之类，纯属它认识我、我不认识它，所以怎么可能考高分？后来，我去了复旦大学的招生办公室咨询，那位很负责任的老师查阅了考卷后，一本正经地对我说："这样的作文成绩，我们肯定会考虑的。"当然，考虑的结果便是没得了结果。

1978 年夏，我重操旧业报考戏剧学院，而且来了个双料头——上海戏剧学院和中央戏剧学院一起考！其实，这中间却有个讲究：上戏复试的日期和中戏初试的日期重叠，均在同一天。我私下里的小算盘是，若能参加上戏的复试，就放弃中戏的初试。报考的当然是同一个系：戏剧文学系。

那时候，我和袁诗人、王小平等人天天一下班就聚在一起复习得不亦乐乎，什么古希腊三大悲剧——埃斯库罗斯的《被缚的普罗米修斯》、索福克勒斯的《俄狄浦斯王》和欧里庇得斯的《美狄亚》，什么古希腊喜剧之父阿里斯托芬，什么莎士比亚、易卜生、歌德、席勒、曹禺、郭沫若，等等，不到夜半三更绝不回家！依稀记得，袁诗人还制作了很多小卡片，颇有做学问的腔调，而我，却差劲得很，统统记在了一册练习簿上。

当年领取准考证的要求很简单却有效：请把你发表的作品挂号寄来，审核合格便奉上准考证。于是，我很快就收到了这两家大学的准考证。中戏寄我的信封上印制的红色字体极为黑色幽默，赫然是：中央五七艺术大学戏剧学院；背面印着——地址：北京东城区交道口大跃进路三条；电话：44.1498；准考证编号为2095。

不料，好学的袁诗人却被拦在了门外。因为他是422代训的，需要四川单位出证明，这简直是要命的事体，最后连准考证也没拿到。一气之下，他去报考了南京艺术学院，结果也是白忙活了一场。几年后，他参加了自学考试，又去参加了《新闻报》的招聘考试，终究成了一名编辑，也算是如愿以偿，修成了正果。

我考上戏的成绩应该还可以，进入了复试的大名单。但听监考的老师说，人数太多，估计还要刷掉一些。当时我因结婚已经调房搬到弄堂里了，一位邻居大姐听说我考上戏，便自告奋勇地去找她那在上戏做老师的亲戚帮忙打听。隔了一天，消息来了，说我被拿下了，理由是我已结婚。这算是哪一门子的狗屁理由！至今我也没想明白。

想不明白就不想了，还是快想想去北京考中戏的事罢。于是，我赶到了上海市高招办，说了一下情况。咨询的问题不多，加在一起一共一个：去北京高考，来回火车票可以报销吗？问得出这种问题的原因，只缘一个字：穷。“36元万岁”的工人能不穷吗？承蒙高招办老师回复得很爽：“去问你的单位，他们说能报就报，说不能报就自己报销。”

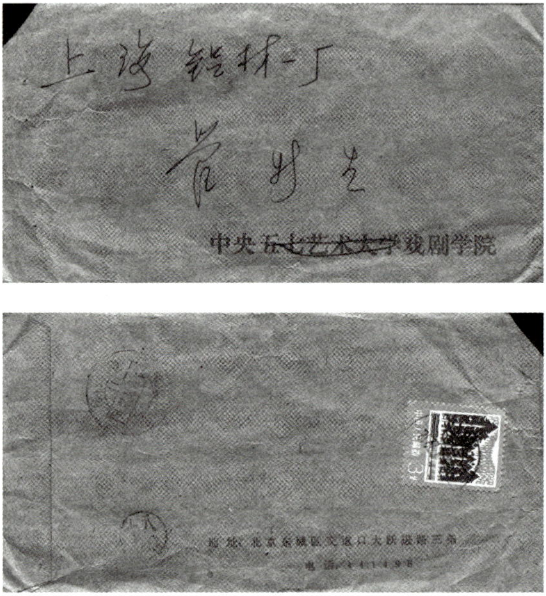

中央戏剧学院寄来的信封

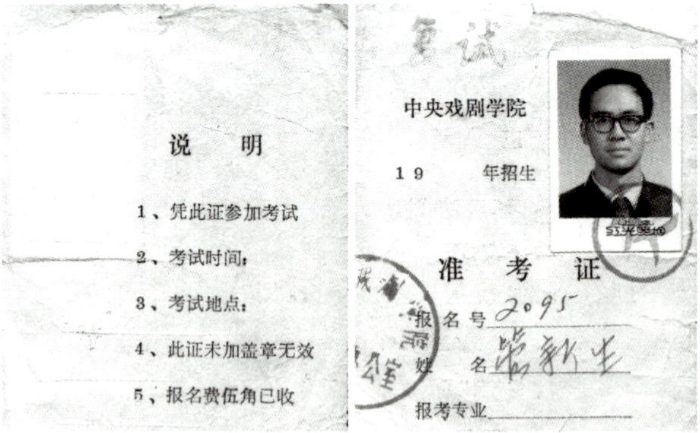

中央戏剧学院准考证

我匆匆赶回厂里，匆匆找到了工会主席。他听我说完，默默看了我一会儿，说："拿火车票来报吧，希望你能考进中央戏剧学院！"几乎要欢呼雀跃。便这一句话，直教人忘不了他！他叫张志康，属三八式老干部，嗜好踢足球。至今我仍时时思念这个好人，尽管前几年他已然辞世。

于是，我转身便去了北火车站购票。

3

关于当年考中戏的情景，近日偶尔从一册旧笔记本上捡得如许文字，特录于兹：

1978 年 6 月 21 日，夜九时三十分，上海——北京，火车票二十三元七毛；

6 月 22 日中午，泰安签票下车，坐长途公交车至莱芜，汽车票一元七毛……

且慢，这里需要交代一下在泰安下车去莱芜的原因。因为当年我的太太原本在江西插队落户，后随其父亲去了上海后方基地山东莱芜张家洼工程指挥部工作，且已有身孕，是以我趁机去探亲一回。

印象深刻的一幕发生在泰安火车站。有几位山东大娘见我提着一大盒 16 寸的奶油蛋糕，蓦地围拢过来，七嘴八舌地问道，这是什么？

我很老实地说是奶油蛋糕，不料她们像听到天方夜谭一般，连连发问，什么叫奶油蛋糕？那年头，这玩意儿稀罕着呢，除了上海，全国几乎没什么地方生产制作，哪像今日，早已遍地开花，且花样百出。

我开始了徒劳无益的解释，谁知越解释越糊涂，越糊涂也就越弄不清楚！到了后来，她们居然一拥而上，个个伸出手来要解开那捆扎蛋糕盒的红绳带。

见势不妙，我只得在这些彪悍、大嗓门然而却不可思议地清一色小脚的山东大娘面前乖乖举手投降：主动解开了那一圈又一圈捆扎着的红绳带。

真个是“闻名不如见面，见面先去一半”。当冰淇淋奶油蛋糕露出了庐山真面目时，她们陡然异口同声地深深叹息起来：妈呀，不就是一个馍吗！

我傻了，起码比傻了的她们更傻。

馍！馍？？馍！！！

天哪，有这样比拟、这样描绘、这样点赞的吗？

当她们散去之后，我绝对狼狈地捧起这一大盒冰淇淋奶油蛋糕，开始寻找能将它重新捆扎的商店柜台了。

对了，看来得稍稍讲述一下我为什么千里走单骑携带奶油蛋糕的故事了。因为它既不是捎给我妻子的，也不是捎给张家洼的，而是特快专递给北京一位暂时还不认识的朋友的。

怎么回事呢？且说我此番进京赶考，惊动了一位厂里技校的小朋友学生（那时确实是小朋友），鲜有的濮姓，名唤诗龄，连起来一念变成了“濮司令”，威风凛凛，且是不可等闲视之的军衔。那年月的钢丝录音机是个稀罕物儿，他家就有一台，我们都属文学青年一族，时不时地来几段诗朗诵也蛮文学的，录完了让钢丝录音机一播放，蛮像那么回事！听过我朗诵的人都说我的嗓音条件不错，共鸣音深厚且很磁性，是当播音员或歌唱家的料。可惜啊，就是普通话中一个不小心便会偶尔漏出几丝上海腔，更令人扼腕的是五音不全，无缘播音员、歌唱家。至今我依然怀念那桌上摆放着钢丝录音机的青葱岁月。后来，他从技校毕业后便留校当上了老师；再后来，辞职做了民营企业家，至今仍闹腾得红红火火的。

当“司令大人”一听说我将去考中戏，便十分仗义地说可以去找他在新华社工作的姨妈、姨父，姨父是新华社的高级雇员（开天辟地头一回听说不是职员、职工），通晓二十一国文字，精通二十四国语言，姨妈还是抗美援朝时彭德怀的翻译。关键是什么呢？是他们住新华社公寓，却有一套四合院专门免费接待南来北往的朋友住宿！见我怦然心动，他当即十分及时地追加了极为重要的一句，说，姨妈是上海人，很喜欢吃奶油蛋糕，但北京没有，吃不到了，凡上海的朋友去，必捎一盒奶油蛋糕，冰淇淋的。于是，我当仁不让地给捎带上了。

当我从莱芜食品商店捆扎好奶油蛋糕之后，便沿着公路向张家洼走去。一边走，一边不住地回头看，看挂有08牌号的卡车——这是当年上海的汽车牌号。妻子在信中告诉我，每天工地上都有卡车往来于莱芜和张家洼指挥部，一伸手，司机便会靠边停下，一听你说上海话，便会捎你到工地。

就这样，不到十来分钟，我就坐上了一辆“很家乡”的08卡车，直奔张家洼。而且，没要我一分钱。于是，我在张家洼度过了一个难忘的下午和晚上，次日一早继续启程前往北京。

莱芜县絮棉票和山东省布票

4

1978 年 6 月 24 日，抵达北京。记得那是一个上午。

当即去中戏报到。得到了一纸借宿证明：

东四人民浴池：

兹有我院考生管新生（钢笔填写）由上海（钢笔填写）来京参加考试，请协助解决住宿问题为盼！住一天（又是钢笔填写）

此致

敬礼

中央戏剧学院

一九七八年六月二十四日

旁边盖有至今清晰可辨的红色大印：中央戏剧学院招生办公室。

现在想来，这“住一天”可能是我说的，因为我有“濮司令”在后面撑着腰呢。我遇见的好几位上海考生均入住浴池了。后来听说，每晚须得最后一位泡澡人离去之后方可入住，每天一早便得离场。就考生复习态势而言，极为不便。幸得无缘消受。

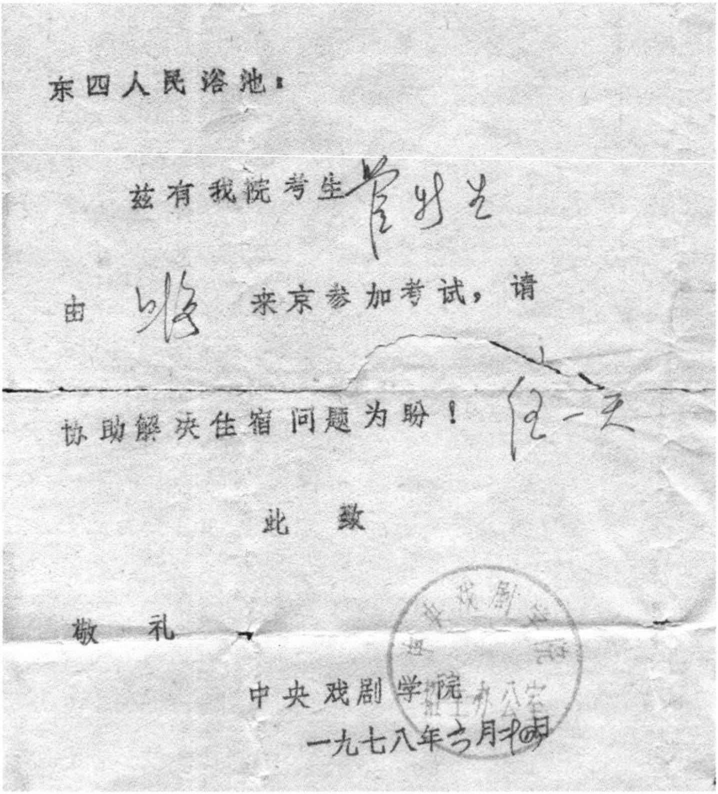

东四人民浴池：

兹有我院考生[illegible]

由 上海 来京参加考试，请

协助解决住宿问题为盼！ 住一天

此致

敬礼

中央戏剧学院
一九七八年六月十四日

中央戏剧学院开具的借宿证明

办完手续，已是饥肠响如鼓。走在街上，见得一家面馆，推门而进，老板迎面一打量，打着哈哈说："这位，是南方人吧？"我满腹狐疑，吃碗面条还得看你面相、问你籍贯？便没好声气地答："上海人。"老板一听呵呵大笑，说："对不起，你上海人吃不得我这面条！"

我瞬时如坠五里雾中，奇也怪哉，天底下难道还有号称"吃遍天下无敌手"的上海人吃不得的面条？我偏不信邪，反问说："我这上海人为什么吃不得你这面条！"他把手往大门外一指，说："我这外面的招牌上写得分明——晋阳面馆，你们上海人习惯吃阳春面、盖浇面，我是山西刀削面，又短又粗又硬，我怕你的胃受不了！"

我一愣。彼时孤陋寡闻，确实不知道有刀削面这一说，顿时被唬得败下阵来，连连道谢，退了出去。

六月底的北京，正烈日当空，酷暑难当，连头发丝也直往外冒水，真个是"日高人渴漫思茶，敲门试问野人家"。见得路边有一饮食店，不管不顾闯将进去。

别说，还真让我长见识了：人人站在那一长条的水泥桌前，叫了一盘生切黄瓜加一劈八瓣的西红柿，一小碟酱，一小碟糖，还有几片叫不上名堂的薄饼，再来一大杯啤酒，稀里哗啦灌入喉咙倒进肚，果真爽口，消暑降温，解渴解饥！

仅付得人民币四毛两分钱，真好。

精神抖擞重上路。

5

抵达新华社公寓时，已是午后。我见到了“濮司令”的姨父、姨妈，他们正在家午休呢。

见到奶油蛋糕，姨妈便笑了，说，这孩子，还没忘了我的这点嗜好。又用上海话说，谢谢侬！

姨父问起我来京的目的，我毫不犹豫地和盘托出，是来考中戏的。他顿时有了兴趣，说：“你的作品带来了吗？”我说没有，报考时已交了出去。他沉吟一下，说：“这样吧，我联系一下，这几天看看能不能见见林默涵或贺敬之，了解了解招生的大体情况。”我道了谢，紧接着补充说，明天上午就要考试了。

姨父颇为失望地叹了一口气，说那就什么安排都来不及了，又问我有几分把握考中戏，是不是有什么名家推荐？我老老实实地说没有，我就是一个凭着爱好来赶考的、没有任何背景的普通工人子弟。他摇头，问我在上海时去过巴金家没有？其实可以请他写封推荐信。我立正不敢稍息地说，那样一位大家，岂是我等之辈能见到的？他愣了愣，苦笑一声，说或许北京和上海的风俗习惯有些不同，在北京什么大家都可以登门拜访。我无语。

过了好一会儿，姨父很坦率地告诉我，这是中戏恢复高考后的第一次招生，北京的名人后代多、高干子弟多，此事有些悬。不过，他又笑笑，说反正来了，既来之则安之，那就好好考吧。后来，他蹬着自行车把我带到了暂住地，说以前这四合院都是他家的，在“文化大革命”中被“发配”出去了，仅剩下一间东厢房。

我住下了。首先便冲了一个澡。洗完澡后洗衣服，对门一个青年人见我就笑，说是上海人吧？上海人特喜欢玩水。又说，上海是八类地区，工资水准高，北京才五类，差多了。我笑笑，说36元都万岁了，大家都差不多挤在了一个水平线上。他也笑了。

当晚，又来了两位房客，来自四川，都是报考中国社科院研究生的。一位毕业自北京师范大学，另一位来自情报研究所。一报考英语新闻——说非她不娶，后来要给他换专业，他果然一拍屁股走人，回老家去了。一报考那年头绝对属于超前意识的计算机专业——后来才知道，他是为了提高命中率，才挑上这一冷门专业的，最终果然被录取了；再后来，他去了美国，无论是收入还是社会地位，均混得蛮上品的。

北师大的道之兄是上海人，见面便说：“抽烟先抽好的，快把你旅行包里的上海香烟统统拿出来共产，抽完了再抽我们的四川烟。”我那旅行包里带的是上海牌、凤凰牌和飞马牌三种上海本土烟，都是过滤嘴的，全部凭票供应，可金贵着呢。但为了这上海老乡，只得忍痛共产了。

那时候，他俩之间的对话常常是我完全听不懂的英语，并且他俩为此而扬扬得意。不料，不久之后竟遇上了一位十分厉害的角色——姨父的母亲，一位老太太，她时常一大早便提着仨热水瓶的开水放在房门口供我等饮用洗漱。那一天，蓦地听得这二位准研究生叽里呱啦将英语玩得很溜，她忽然童心大起，一脚迈进屋内就和他们说起了 English，但闻得他们三人你来我往讲得好不热闹，于我却是直如听闻鸟语一般。

不一会儿，这两个在我面前很牛皮的考生高手渐渐头上出汗，语无伦次起来。老太太一声大笑，说起了中文：“你们连我的问题都回答不出来，考什么研究生？还不快快认真复习去！”在他们很尴尬地连连点头之际，老太太陡然抬手一指指向了我，说：“这孩子听不懂 English，你们就别在他面前卖弄了，大家还是说中国话的好。”老太太离去后，道之兄方才苦笑一声，说：“你们可别小看了这位老太太，她可是当年大清帝国驻外公使的夫人！”一句话，说得我们面面相觑。

至今犹记，他俩的口头禅是：我视三千考生如草芥。好不厉害呵！就这样，天南地北的仨考生聚集在了同一个屋顶下。这是一种可遇不可求的缘分。

尚记得，不太久之后的一个晚上，道之兄远道来到了上海，比较艰难地手足齐举地爬上了我那113弄前门的小阁楼。仅一茶一烟一枯灯，海阔天空促膝夜谈，神聊至我去上早班的拂晓时分，彼此毫无倦意地一起步出弄堂。但见马路两边人家，三五煤球炉旁若无人冒白烟，七八马桶好不威武倚墙站，偶有“拎出来啊，倒马桶唻”的摇铃声远远传来。还有几家饮食店的大饼油条豆腐浆摊位前，已有早起的顾客在排队了。清静的马路上，似乎还有一抹淡淡的薄雾在晨曦中徐徐飘散。该是分手的时辰，在铝材厂的大门口。握手道别之际，道之兄的一句感慨却几十年如一日地永久留驻在了我的耳边：上海，真好！其时，他是四川达县的一位大学英文教师。

近日，“濮家司令”（濮诗龄的网名）在微信上留言，说道之兄不日将来沪一聚，又说道之兄的儿子在浦东迪士尼有项目。甚望一聚为快呵！

当年，我曾创作了一个颇具历史意义的电影剧本《仨考生》，至今手稿犹存，一直未遇明主，找不着婆家，藏在深闺无人识。惜乎！

6

中戏的初试开始了。

当年，来自全国各地的戏文系考生逾六千人，进入复试的仅一百四十余人，最终录取二十人。这可能也是中国考试史上蔚为大观的前无古人后无来者的奇迹吧，当可载入吉尼斯世界纪录。

初试的仨课目分别为：语文、文学戏剧知识、写作。

当时在考生中引起轰动的是传说某某人、某某人也来参加考试了，因我属圈外人士，只得瞠目结舌，不知其所以然，唯记忆犹深的是甬剧《半把剪刀》的编剧也来了！现在的“80后”“90后”大概没什么人知道这一部戏曲作品了，但在八个样板戏风行的“文化大革命”中，此剧却是闻名遐迩，名动山河。《半把剪刀》是我国一出非常优秀的传统剧目，最早见于天方原创编剧的甬剧《半把剪刀》，先后被改编成评剧、黄梅戏、淮剧、越剧等剧目，1999年又改编成电视连续剧，北京电影制片厂拍摄的古装悬疑剧《良宵血案》也是改编自该剧。

那时，我并不知道《半把剪刀》的编剧是何许人。因为戏剧、戏曲、电影、电视剧之类最拉风、最出彩的往往是演员，身居幕后的编剧、导演仅囿于圈内人士或铁杆粉丝知晓。今日此风尤甚。后来，我也不知《半把剪刀》的编剧为谁人，为写此文，上网查了一下，方才得知编剧名唤：天方。行笔至此，忽然冒昧地想问一声，天方君是否有个叫“夜谭”的兄弟呢？“天方夜谭”该是何等地顺理成章！呵呵，一笑。当然，我也无从查证天方同志当年是否为中戏考生。

我自以为“写作”是强项，“语文”应该不会差到哪里去，“文学戏剧知识”自1972年复习至今的储备量也该到位了，所以初生牛犊不怕虎地赤膊上阵了。可惜的是，如今我已然忘了“写作”的考试题目，更忘了我写下的内容，实为憾事一桩。不管怎么说，反正到了发榜的那一天，我居然看到了自己的大名高高盘踞在复试的红榜上！

后来我才知道，上海一共去了四十几位考生，进入复试的仅两人——我和许凤鸣（他是上海烟草机械厂的职工），其余皆遭淘汰。一想到考试的全部人马为六七千之众，复试时仅剩下一百四十余人，其悲壮惨烈之状真有些令人不堪回首。这是在复试时，一位监考老师告诉我的，并说我是上海考生中考试成绩最好的。

这不免让我吃惊。而更为吃惊的是那位姨父。他连连说，不可思议，不可思议，一个普普通通的工人竟能从六七千名考生中脱颖而出！继而直截了当地问我有什么困难，他当尽力为之。

我想了一下，说，复试考的课目有三，一是政治，二是文艺理论基础知识，三是口试即面试。这三者中，我的文艺理论是弱项，能否找些这方面的书籍让我临时抱佛脚充充电？

姨父思考了一会儿，说："这样吧，我带你去老舍先生的家，问问胡絜青先生有没有这方面的书籍？"

于是，我们踏着脚踏车去了丰富胡同。一路上聊下来，我才得知姨父由于有中华人民共和国雇员的身份庇佑，在"文化大革命"中基本上没有受到什么冲击，而他利用这一特殊的身份尽自己能力给不少文化名人以帮助和保护，记得他还提到了徐悲鸿的夫人廖静文。

进了胡同口跳下车的时候，姨父忽然说："不是想讨你便宜，我们还是以舅甥相称比较方便一些罢。"我同意。于是，我成了"新生外甥"，他便成了"家杰舅舅"。

胡絜青老人是个极为热情之人，当听说我进入了中戏高考的复试时，竟连连祝贺我，弄得我十二万分不好意思。后来，我将这次拜访的经历写成了一篇散文《访老舍夫人》，刊登在一年后的《福建青年》杂志上。今日读来，文笔稚嫩自不待说，直教人汗颜。但无论如何，当可视为人生的一个原始留念。

许凤鸣与我

7

复试的最后一场笔试结束时，一位监考老师叫住了我，突然用上海话问道：“你就是上海的管新生？”我说对呀。

于是，有了一节在当时历史背景和上海语境下进行的坦率对话，一个老乡对另一个老乡的引导和交心：

“你是荡在社会上的社会青年？”

“不是，我是厂里的工人。”

“集体事业单位的？吃小劳保的那种？”

“不，我是国营大厂家。”

“那你为什么来考中戏？一旦考进，你就等于放弃了国营单位。”

“我喜欢，从小就一直喜欢文艺创作。”

“哦，原来这样。当年我也是像你一样血气方刚，凭着一腔爱好考上了中戏，又凭着成绩被留校当了老师，结果呢，北方气候不适应，饮食口味不适应，还要加上方方面面的风俗习惯不适应。当然了，辰光会强迫你慢慢适应的。对了，讨了个老婆也是北方人，又不像上海女人来得会做……你考虑过这些吗？”

“没有。从来没想到过。”

“冒昧地问一句，你在北京有背景吗？你不需要回答我，我就可以告诉你，一般情况下，北京是留不下来的。历来有这种规矩，上戏毕业生分配长江以南，中戏分配长江以北……”

“那么，中戏会分配哪些单位呢？”

“峨眉电影制片厂，西安电影制片厂……”

“那蛮好的嘛，做做电影编剧……”

“还有呢，一路朝北出山海关，乌兰牧骑，大草原……”

我知道，他似乎在有意无意之间试探着我的意志。但年轻人追求缪斯女神的心呵，却是大山也不能阻拦，狂风也不能吹熄。

“所以啊，你可以再认真想一想。其实，在上海搞创作未必就一定会比在北京差，皇城根下也有皇城根下的难处。当然啰，最后的录取名单上是否有你还是一个未知数，没背景、没花头，啥都呒没，一个小工人，难呀！”

看他岁数，与我似乎相差无几。但人家曾经沧海，我却是工厂里的井底之蛙，认知上相差得是木佬佬多——用北方话说应是：差老鼻子了！

当我们分别的时候，他说一有消息就告诉我，并言之凿凿地说即使我被录取，那也一定是在扩大招生的名单中。

不承想，竟一语成谶！不不，比它更为差劲！一不小心竟从扩招的大名单中滑了出去，于是……于是乎……便成了等而下之的漏网之鱼。

说来也怪，他居然与我同名不同姓，此处姑且隐去其姓。因为我曾在网上查得一与其同名同姓者，如今已是戏剧著作等身、硕果累累，属国家级专家一族，自是不敢轻易打扰，深恐当年的一番“上海人对白”唐突了高人。

长相忆，当年神韵，山中心情，海上岁月。“儿童相见不相识，笑问客从何处来”，今非昔比也。

8

这个名唤J的女孩，出现得很突兀。那时，我正排在往准考证上盖“复试”大印的不太长也不太短的队列中，蓦地听得有人一路从队首唤将过来：上海管新生，上海管新生……

我下意识地应了一声，一抬首，却见是一位典型的北国美人：浓眉大眼，端庄得很。她正笑吟吟地看着我，旁边还有一个男孩，后来方知是北京铝材厂的压延工——和我是同工种的同行，真是和尚不亲帽儿亲了。原来，他们都是在初试中被刷下来的考生。

办完了复试手续，大家聊得很是投机，共同的话题便是中戏考试的故事，后来更是一同涉入了文学和戏剧的河流中。这可是一个可以永远聊下去的、永无止境的大江大河呵！

J女孩开口的第一句话就骇我一大跳，她说："我特崇拜上海人！""文化大革命"刚过去两年，"崇拜"一词的神圣性犹在九天之上大放光芒，谁能有福消受？借他十个豹子胆也不敢！我这个上海人更是闻风丧胆，如何担当得起？

不料J女孩却娓娓说出一番道理来。她说上海人特聪明，大的不说往小里说，所有女性衣服的扣子都和男性的不一样，男的在右，女的偏偏在左，这是全国唯一的。天哪，有这等事？我是听得一脑门子的糊涂，尽管有母亲，也有妻子和妹妹，但偏偏没有关注过这等细节。后来一观察，果然如斯。

接着，J女孩又如数家珍地说起了北京的大作家、大剧作家几乎都是从上海迁移过来的。在她之前，似乎还没听到过类似的归纳法。初听，荒诞！细细思量，信然。

最后，J女孩悄悄然说出了一个北京女孩共有的秘密：嫁人要嫁上海郎——上海男人特温柔、特懂得疼女人。这当是首选，而后才是高干子弟、名人后代。不知J女孩说的是真是假，但起码这应当是她和她的小姐妹们的择偶标准。

从复试一直到离开北京，这两位北京朋友经常到我的下榻处神吹海聊，谈文学，谈戏剧，谈创作。终于有一天，我这榆木脑瓜开窍了、顿悟了，于是在他们来告别的那个晚上，在胡同里，我变得特像北京人一样直爽，说："鄙人已经成家了，马上就要有第二代了。"

J女孩愣愣地望着我，无语。北京男孩呢，独自仰首望月。就在这时，多变的北京天气也来凑了一把热闹，无缘无故地卷起了一阵狂风，挟裹着沙子、石子漫天飞舞，将天边月瞬时卷了个不见影踪。

北京男孩急急地说，快回家吧！J女孩跟着走了几步，蓦又回首，说："我等你考进中戏！"呵呵，她当然没能等到，因为我……落榜于复试。他们走了，遗下一地凄凉的夜色，无人清扫。

第二天，我踏上了返沪的路程。

三两年后，J女孩忽然独自来到了上海，找我。我和妻子予以了热情的接待，陪伴她在上海观景、逛街、购物。

离别在上海北火车站。J女孩倏而吟诵起柳咏那一阕脍炙人口的《雨霖铃》词："……今宵酒醒何处？杨柳岸，晓风残月。此去经年，应是良辰好景虚设。便纵有千种风情，更与何人说……"

无一字疏漏，无一词落下，无一韵一辙不合。

字正腔圆的北京话，好听。

转首望J女孩。蓦见瞬时泪滴满脸，一扭身，绝尘而去……

不太久之后，听说J女孩结婚了，嫁给了上海人的近邻——浙江人，一名人后裔，两人一同到香港定居了。

很多年过去了。当下开始“雷厉风行”地流行起“闪婚”“闪离”的青春交响曲。这样的故事，遥远得就像古老而美丽的童话。彼景、彼情、彼人，已成绝唱。

时代变了。

9

1978年8月下旬，我收到中央戏剧学院寄到上海铝材一厂的一封信函。

管新生同志：

我院戏剧文学系今年招生工作在广大考生的热情关怀和积极支持下，已基本结束。由于报考的人数多，我院录取名额有限，你未被录取。现将你的考试成绩通知如下：

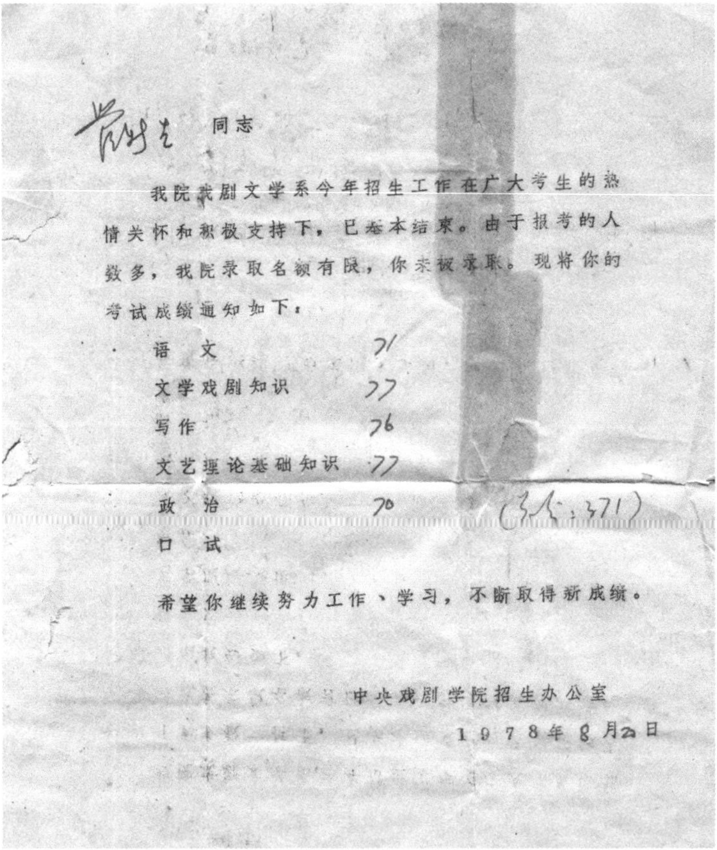

[illegible] 同志

我院戏剧文学系今年招生工作在广大考生的热情关怀和积极支持下，已基本结束。由于报考的人数多，我院录取名额有限，你未被录取。现将你的考试成绩通知如下：

语　文	71
文学戏剧知识	77
写作	76
文艺理论基础知识	77
政　治	70　([illegible] 371)
口　试	

希望你继续努力工作、学习，不断取得新成绩。

中央戏剧学院招生办公室

1978年8月20日

中央戏剧学院的成绩通知单

语文	71
文学戏剧知识	77
写作	76
文艺理论基础知识	77
政治	70

希望你继续努力工作、学习，不断取得新成绩。

中央戏剧学院招生办公室

1978年8月20日

紧接着，我听到了从北京传来的可靠消息：中戏确实扩招了，而且从录取二十名三级跳远式成了录取四十名，整一个的倍数。但这与平头百姓考生没半毛钱关系，扩招的对象仅限于名人后代和高干子弟。

冥冥之中，隐隐约约看到了大学之门在我面前徐徐关闭；下意识里，另有一扇草根之门向我敞开了，这也是许多作家如狄更斯、杰克·伦敦、大仲马、安徒生、勃朗特三姐妹、高尔基、鲁迅、沈从文等人修身打坐学习的所在，名曰：社会大学。

这是一种命定。

时至今日，果然如斯——我在社会这所大学里摸爬滚打，一步步攀向文学创作的峰巅。

我不知那些日子应如何度过，只是真切地用墨水蘸着彼时的心境涂鸦了两首诗，信手就写在了这份通知书的背面。

今日忽得此通知书，得知“落榜”，有感成诗两首。

其一

笔底纵然几分彩
深造尚凭有缘份
剧院几人会写戏
多是野花妆华门

其二

十年残灯一枝笔
涂红抹绿花偶成
何日心血凝华章
长叹“仰笑”非儿名

小注：昔李白有诗云：“仰天大笑出门去，我辈岂是蓬蒿人。”“仰笑”为尚未出世的婴孩备用名之一。

1978年8月23日夜半

何等狂妄，又何等少不更事！

“少年不识愁滋味，爱上层楼。爱上层楼，为赋新词强说愁。而今识尽愁滋味，欲说还休。欲说还休，却道天凉好个秋。”辛弃疾的《丑奴儿》词写得真妙！而今，我方才悟出了拙诗中的大谬之处。试看今日之天下，诸多闻名于世的国家级专家学者、金牌编剧、金牌导演、大腕演员，大部分均是出自体制内的学院派。

野战部队的芸芸众生，挥舞着没有来得及开过锋的剑器（充其量只是一方铁片）冲锋陷阵，顷刻间便被刀光剑影吞没了，不见了，消失了……

呜呼，只缘当时正年轻。

年轻，真好。

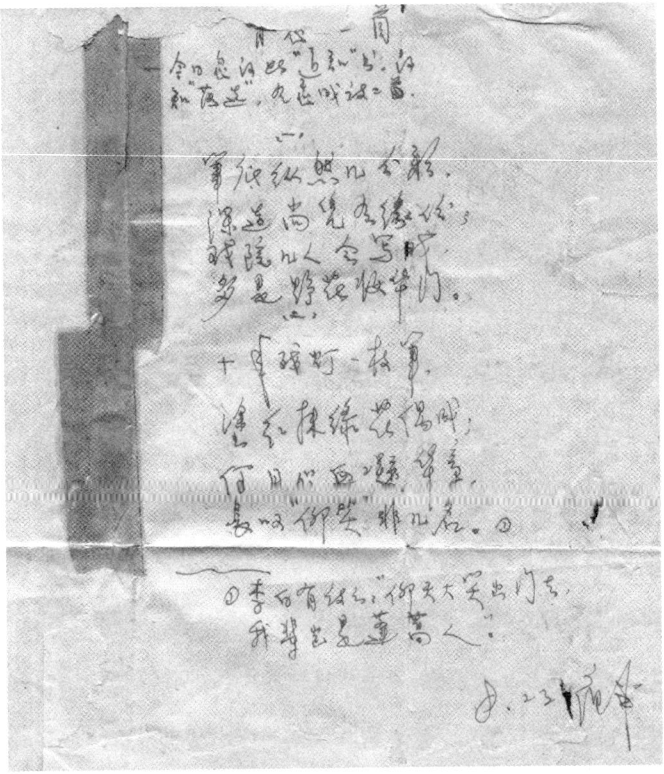

“落榜”诗手迹

第十四章

告别新村·重返弄堂

红光照

1

“司令要结婚了！”这是样板戏《沙家浜》中的一句台词，大俗。可是，不是司令的平头百姓也要结婚呵，只需条件成熟了。男大当婚，女大当嫁，这原本便是古老的传统。然而，当年却有许许多多的革命戒律，弄得你娶也没法娶，嫁也无法嫁。

结婚的前奏曲之一是拍结婚照。如今，拍结婚照的排场可是海了去：摄影棚、公园、江堤、海边等，不一而足，甚至有租架直升机玩个“空降兵”或借艘游艇弄个“水上飞”的，但见个个搔首弄姿，Pose 想怎么摆就怎么乱摆，无人干涉。可我们那个时候不行，动辄挨上了高压线的边。那时候已是 1977 年的夏末，“文化大革命”的雷声虽然逐渐远去，但余威犹在。

我们找的是闻名遐迩的大杨浦的红光照相馆。妻子在好友姚桂仙的陪伴下，去理发店做了一回吹风。当时的理发店还不敢越雷池半步开设烫发、染发等业务，只能象征性地在爱漂亮的女孩头发上做一些虚拟的花哨动作。便是如此也行不通，红光照相馆的摄影师一见便连连摇头，说，这种资产阶级的发型是不可以拍结婚照的！只得在他的开导、诱导和帮助下做了一番无产阶级化的处理：找来两根橡皮筋将头发扎成了两把扫帚短辫，方才可以坐上摄影机前的板凳，“很历史”地留下了我们的结婚照。

犹记得当时很搞笑的一幕。一对年轻男女来红光取照片，是他们自己用照相机照的在公园里的留影，却忽然被照相馆扣下了。照相馆很理直气壮地让他们看看究竟都拍了一些什么样的黄色照片——女孩倚在一棵弯弯曲曲的树桩上摆出各类 Pose，绝对是四旧、绝对是思想不健康、绝对不那么革命化！争吵的结果是，照相馆工作人员一个电话打去了公安派出所，这对男女便被请进去接受教育了。

不是杜撰，不是虚构，而是笔者亲眼所见之当年怪现状。我相信，红光照相馆肯定不是上海滩的绝无仅有。这些时代的小插曲，终究成了过去，化成天方夜谭的一页。

又比如说最简单的一条，结婚要开结婚证，开结婚证之前须得由厂子里开结婚证明。行，这一条便是难以逾越的一道坎——当时规定女 18 岁、男 20 岁的“婚姻法”已经被砸烂了，就得按上海“地方法规”办，档次一下子升级了：男 30 岁，女 25 岁，男女的年龄相加必须达到 55 周岁以上，才可以开结婚证明。

这一棍子下来，我和女友的年龄不到位、没达标：我青春28岁，她芳龄26岁，相加的结果恰恰少了一岁！这一岁偏偏少在了男方我的头上。

说来也是陈年的老黄历了，当时成立小家庭的先决条件缺了这一张盖有厂革委会的纸片还硬是路路不通——凭结婚证明，方可去民政部门开结婚证书，方可去商店购买五斗橱、夜壶箱、方桌、马桶、大中小一套浴盆等物事，方可去木材商店购买打家具的木头、木板、方子，等等。

没办法，只能脚头勤快地往厂工会办公室多跑几趟。虽然我和工会打过一些交道，但与那个负责此类事情的女士偏偏不熟，记得好像姓余，四十多岁。好在我这个人的脸皮有时候会像砖头一般厚，再加上一来二去，倒也把夹生饭煮熟了，便趁机求她开开恩，放我一马，故意搞七捻三地讲虚岁实岁啥人搞得清爽啦，连我自己有时也搞不拎清。

起初，余女士的脸有点像“智取威虎山”中“防冷涂的蜡”，百毒不侵，一本三正经地说这是上海市革委会的规定，不好瞎来来（方言，意即“轻率从事”）的，违反规定要吃勿消的，会吃家什的。后来，见我是“三好学生”——态度好，说话好，腔调好——话得说回来了，我有求于她，能不“三好”“五好”吗——她终于有一回和颜悦色地问了我一句：“听说你蛮会写文章的，是吗?”我老老实实回答说“马马虎虎吧”。

余女士立即给了我一个大白眼，说：“加谦虚做啥啦，工会里的人都是这样讲侬的!”我无言，只能点头答应。她笑了，说：“那么请你帮我写几封信，应该是不成问题的问题啰?”我不明所以，只好胡乱点头。这一来，她就抓了我的差，转身拉开抽屉，取出一沓信往我面前一放，说：“这些群众来信也有一段辰光了，总没人给他们回信，你这个秀才就帮帮忙吧。”

我抽出信纸，一一打开，这才知道是一些在“文化大革命”之前或支内或回乡挑重担的原厂里职工寄来的诉苦求援信，说乡下条件的艰苦，说经济生活上的窘困，要求厂领导的关心和补助。大概是很久没有收到明确答复的缘故，最后一封信开始有了一些造反派的脾气，说是再收不到回信的话，他们就将杀回上海、杀到厂里来造反了!

余女士向我布置了回信的几大原则：文字上一定要客气，一定要关心群众疾苦，一定要劝他们安心工作，扎根农村或三线！同时告诉他们，厂子里的经济条件也不大灵光，但还是决定给他们每个人补助10块钱（这可能是当年补助的极高限了，补助3块、5块的不在少数，关键是物价低)！最重要的是，绝对不要回上海，更不能到厂里来，要在当地“抓革命，促生产”，组织上会继续关心他们这些为国家挑重担的同志的！

也许是我的回信起了一定的效果，也许是那补助的10块钱起了决定性的作用——那年头，老百姓的要求原本就不高，作孽兮兮很可怜的——总之，他们很快就来信了，说十分感谢党，感谢厂领导！

余女士大为高兴，高兴之余于是为我开出了证明、盖上了大印，说：“你帮助了工会工作，决定对你照顾一下，反正只提前了不多的几个月时间——我算过了，你那没到点的一岁其实就差五六个月的辰光，也算不上什么大犯规……不过，你不可以对外面人讲，懂吗?”

我当然懂，绝对拎得清。拿到了证明，一个转身便成了“拔脚花狸猫”，溜之乎也。

我的结婚照

结婚証

结婚証

毛主席语录

领导我们事业的核心力量是中国共产党

指导我们思想的理论基础是马克思列宁主义

[illegible](71)字第4571号

姓名[illegible] 性别男 年龄28 岁

姓名[illegible] 性别女 年龄26 岁

自愿结婚，经审查合于中华人民共和国婚姻法关于结婚的规定，发给此证。

一九 年 月 日

我的结婚证

2

接下来，便开始了杂乱无章、像没头苍蝇似的一番忙乱。

我们去了保定路舟山路的木材商店，其实那儿已经不是商店店铺，而是成了一条街，人山人海。大家排着队凭结婚证明加户口簿购买打家具用的木头、三夹板、纤维板。记得“文化大革命”以前，此处是保定路棺材铺，印象中我还在店门口看过那些一排排没来得及上漆的黄澄澄本色的木坯子棺材，那时年少，有些吓佬佬，没敢迈进门去。“文化大革命”一开始，破四旧、立四新，棺材铺在劫难逃，当在被砸之列，便改为木材商店，之后生意兴隆，便扩展到马路上去了。记得那一天，父亲也兴致勃勃地赶去了，说是给我们当当参谋。

一个时代有一个时代的时尚。当年时兴的是“36只脚”——卧床、大衣柜、五斗橱、床头柜、四方台和四把椅子的脚统统加在一起的总数；“四大件”——要名牌的：凤凰牌自行车、蝴蝶牌缝纫机、上海牌手表、三五牌台钟。购置齐全，结婚的硬件才算搞定。“四大件”理所当然地全部凭票供应。

依稀记得，缝纫机票是女友单位班组里让给她的，手表票好像来自姜丕基，三五牌台钟票是丈人阿爸给的。自行车票，记不清是怎么来的了，只知道自行车三厂《凤凰报》编辑叶培本给过我一张 18 寸男式自行车票，不过那是在 20 世纪 80 年代末的事了。

说来有趣，而今自行车早已不知去向，停摆的上海牌手表深藏于柜子里不见天日，缝纫机跛了一只脚靠边歇着去了，唯有三五牌台钟依然很雄威地在嗒嗒嗒走动。不仅如此，发票犹存，购买店是上海南京东路 132 号友联钟表商店，日期为 1977 年 3 月 12 日，同时还有一张出品单位上海中国钟厂的使用说明书，上书两行字："钟能歪斜走，针可倒顺拨"。在没有广告语的当年，这朴实无华的十个字是不是很牛？真可谓奇妙无比！

"36 只脚""四大件"的置办虽然很难，但还不算顶顶难，难上加难的极品完全和今天一个样——房子是婚姻的必需品，结婚必须要有房子啊！

是呵是呵，有房才有家。关键的问题是，房子从哪儿来？这才是最根本、最要命的棘手活儿。

《列宁在十月》电影中，瓦西里对妻子说，面包会有的，牛奶也会有的，一切都会有的。但他没有具体说到房子也会有的。而当年，我们国家的房子是福利型分配的，极少数私房是买卖的。物资匮乏的年代，“最缺少的物资”中排名第一的应该是房子。而“文化大革命”期间造房很少（10年只造了150万平方米），更是雪上加霜。君不见，三代同室、四代同屋屡见不鲜，不少人家床铺向空中发展、发展再发展，一个人把大好头颅放进桌底、双脚伸进床肚睡觉更不是天方夜谭般的稀罕物事。

在我们视野可及的范畴内，已经见证了中国人婚姻的四个阶段：一是父母之命，媒妁之言；二是砸碎封建桎梏，追求自由；三是两情相悦，初恋时不懂爱情；四是有钱就可以任性，进入掂斤播两、待价而沽的“超市大卖场”。这是很历史的。

是呵，轮到我们这一拨人的恋爱时期，物质匮乏大泛滥；而我们的下一代面临的却是物质丰富、物欲横流的时代，他们很畸形地步入了“超市型恋爱”“大卖场婚姻”的爱情冰封期。呜呼，造化弄人也。

有几个经典镜头，可视为对我们结婚时代的绝妙注解：一是大街上马路边电线杆上到处张贴着“房屋交换”的纸头，什么放弃地段小调大，什么求面积放弃煤卫，等等，不一而足，恰似今日触目惊心的小广告铺天盖地；二是每到华灯初上，便是调房大军出动之时，公共聚集场所人头攒动，如沪东工人文化宫和控江电影院门口；三是由组织出面，常常是按系统举办的，如轻工局、冶金局、纺织局、杨浦房地局、某某街道等，出一张广而告之的通知——周日下午借某某学校举行调房会，欢迎市民参加云云——颇有今日房展会、婚博会之声势。

不用说，我自是跻身其中不亦乐乎，但收效甚微。

那时，我家依旧住在20世纪50年代分配的工人新村一居室，使用面积大约是13.9平方米，父母弟妹六口人。即使采用当年流行的以布帘隔开或以大橱家具阻断的方式都无法奏效，因为面积太小根本就让你无从下手，连“螺蛳壳里做道场”都无法施展手脚。这样一来，就只剩下了“自古华山一条道”：调房。

在一个晚上，我下决心复写了几十份“放弃煤卫一调二”的调房启事，拎上糨糊桶，跳上浑身都响就是铃不响的老坦克自行车，顶着夜色出发了。一边沿着马路数着电线木头大贴特贴“放弃煤卫，诚意调房”的纸头，一边很阿Q地在心里一遍遍念念有词：安得广厦千万间，大庇天下寒士俱欢颜。

过了不太久，我掉转枪头来到了调房的第二战线——一放下晚饭的饭碗，便前往住家附近的控江文化馆大门口报到，仿佛有个大美女在招魂一般。在那儿，天天都有自发的三五成堆的调房人吹响集结号。

说来也怪，我竟然在那儿遇见了厂部保卫科的科长，他也是常客，是为无婚房的儿子操心，意欲将一套两室户的住房一拆为二，老夫妻、小夫妻各住一间。这似乎不难，难的是他的附加要求：必须在同一小区相距不远处，这样既可以有“鸡犬之声相闻”的互相照顾、互相帮助，又可以免除“老死不相往来”的老女人、小女人的婆媳矛盾。看着夜色遮不断在人群中出没的他那佝偻的背影，我的心态蓦起变化，原来厂级干部和小八腊子工人居然十分荒诞地站在了同一起跑线上：调房，调房！

第三种调房方式是在以上两种老百姓自发的方式出来很久以后才出现的，大概有关部门的第三只眼睛看到了，从不作为到有所作为，开始关心群众的疾苦了吧。这就是调房会。

参加调房会则是轰轰隆隆的另一番景象：人山人海，举牌子的有之，墙上挂纸头的有之，更夺人眼球的是糊一高帽戴在头上，上书调房要求，其时其景美不胜收。你必须带上笔和簿子，在摩肩接踵的人堆里挤来挤去，记下各类调房信息。

后来，渐渐发展到了有些头子活络想扒分的朋友油印起了调房大全，一毛钱、两毛钱一本，却也生意兴隆。此风刮至今日，接班自有后来人——无论是婚介会还是房屋交易会，均随行就市，或行情看涨大卖黑市价，或行情低谷无偿赠君，闹市中心、地铁站头随便发发；甚至辐射得更远，诸如倒买倒卖产妇病房信息、信用卡信息、手机信息、个人家庭住址一应隐私信息；等等，都是与时俱进的超级发展。

有一个时间段，每天均能收到调房人的来信，算是对我贴在电线杆上小广告的良好回应。我也曾看过不少房子，去过让人大跌眼镜、从没见识过的弄堂房子三层阁，那楼梯且不言又小又窄，一脚踩上去，不但吱嘎作响，甚至摇晃不已！或许是在工人新村住久了，早已忘了弄堂房子的结构，它几乎让我走进了郁达夫创作于1923年7月15日、首次发表在《创造》季刊1924年2月28日第二卷第2期的短篇小说《春风沉醉的晚上》之中：

邓脱路（今丹徒路）的这几排房子，从地上量到屋顶，只有一丈几尺高。我住的楼上的那间房间，更是矮小得不堪。若站在楼板上伸一伸懒腰，两只手就要把灰黑的屋顶穿通的。在破布洋铁罐玻璃瓶旧铁器堆满的中间，侧着身子走进两步，就有一张中间有几根横档跌落的梯子靠墙摆在那里。用了这张梯子往上面的黑黝黝的一个二尺宽的洞里一接，即能走上楼去……

就是这等恐怖模样。你说可怕不可怕?

那些日子，我和女友的足迹几乎走遍了杨浦、虹口、静安、黄浦，甚至到了“宁要浦西一张床，不要浦东一间房”的浦东，什么居家桥沪东造船厂工房，什么十八间农民伯伯的宅基地、草棚棚，现实很无奈地向我露出了一张惨白的脸，终究一事无成。

3

山重水复疑无路，柳暗花明又一村。在我调房无着焦头烂额的时候，福音来了!

捎来福音的是母亲。

儿子的一举一动，都落在了母亲的眼中。有一天，她忽然说，她厂里的同事“长白一村阿姨”介绍了一间独立的私房，在引翔港，十来平方米，仅售400元人民币，便宜啊! 的确便宜，莫说当下，在当时也是极为便宜。

我和女友及厂里同事王来法三人一起去了实地看房。屋子里空荡荡无一物，地是烂泥地，地面到屋顶蛮高的；屋上有瓦，独立一屋，左右与邻屋相距不过尺把宽；门向东开，门前有路，窄窄的、小小的；屋后有窗，窗外即马路，双阳路。应该说，对无房户而言，够可以的了。

但不可以的是，大为不争气的是，鄙人月薪36元，口袋里穷到布贴布，400元的价码实在大大超出了本人结婚的预算。买不起！踌躇再三，犹豫再三，终于作出了放弃的决定。

而今，每每经过长阳路双阳路，偶尔见到那一间孤零零的小屋历经沧桑依然孑立在阳光中，不觉恍如隔世，若是当年购得作结婚新房，也许我的人生便是另一番景象，断不会有后来那么多的精彩故事诞生。一念及此，岂不令人感慨万千？

也许是我的愁眉不展跌进了母亲的眼帘，也许是我的长吁短叹溅起了母亲的心浪，她看了看我，一句话也无，转过身，悄悄出去了。后来才知道，她自此便拿了我放在家里的调房纸头到外面去张贴。这一路贴过去，便贴到了双阳路长阳路弄堂口的公共卫生间门上——倒痰盂、倒马桶的所在，也是每家每户每天必然光临之地。

母亲从来不是一个聪明人，但“愚者千虑，或有一得”，为了儿子，她终究得到了——那一日，忽有传呼电话来。

其实，上海滩的电话历史源远流长，最早的一部电话，仅仅比贝尔1876年发明电话的时间晚了6年。1882年，丹麦大北电报公司在上海外滩7号开通了人工电话交换所，经营租界内的电话业务，这就是上海最早的市内电话。但在随后的相当长的时间里，电话都只是少数人的通信工具。1949年以后，电话主要作为单位工作的办公工具存在。1951年，上海仅有公用电话1512部，那时的公用电话，大多安装在弄堂口的烟纸店里，由买卖杂货的老板代为看管，不负责传呼。1952年，上海开始试行传呼公用电话，到1960年，全市的公用电话达到了3293部，遍布于上海城区的每一个角落。

公用电话间一般只有2~3个平方米大小，电话间里面有好几只电话，一般的配置是“打”和“接”对半开。电话打一次3分钟4分洋钿，传呼一趟3分洋钿，传呼费可以分一半给个人，一半归公用电话站。

公用电话间里一般坐着两个老阿姨，难板也有老爷叔，他们通常都是住在这里的，互相之间熟得不得了。选择电话传呼员也是一件极为慎重的事情，居委会一般都选择善于和人打交道又“拎得清”的人担任。新村里经常会传来老伯伯、老妈妈叫喊传呼电话的声音：几号几室电话来啦！楼上窗户一响：来喽！不一会儿，就有人急匆匆奔了出去回电话。家长里短、鸡毛蒜皮，电话亭老阿姨都知道，甚至连某人跟哪两个女孩子同时谈恋爱，人人都知道了，偏偏当事人小姑娘自己不知道。

记得那时我的传呼电话颇多，去传呼电话站的时候也多，常常见到一位肤色白皙、端庄靓丽坐在板凳上专门接听电话的残疾少女。以宁波人的腔调是这样说她的：这小娘的卖相是交关灵格！听说是里弄居委会照顾给了她这一份工作，因而她对每一位来听电话的居民都十分亲切热忱，予我印象颇深。

某日，突然再也不见少女的笑容和身影，一问方知倏忽早逝。自此再去接听传呼电话，心中忽忽若有所失，耳畔蓦闻唐代诗人崔护的《题都城南庄》在声声回响："去年今日此门中，人面桃花相映红。人面不知何处去，桃花依旧笑春风。"

后来，我终于将其演绎成一部 3 万字的中篇小说《传呼电话站的窗口》，发表于 20 世纪 80 年代《现代作家》杂志的头条，后应福建电视台之邀执笔编剧成了电视连续剧《生命的太阳》，导演是上影厂的姚寿康。至今犹记得那绕梁的主题歌和插曲，有斜风细雨的婉约，有望断天涯路的伤感……

记得当年是要先去南京东路上海市电信局排队领预约券的，3 个月以后上门，安装费 3000 元没商量！轮到上门试电话线路的日子，就跟来了外国贵宾一样，好茶好烟伺候着，试好线路走人时，还得硬塞两盒好烟在他口袋里。

也有不买账的主，什么都不应酬，因为他是一位退休的局级领导。电话工人才不尿他这一壶呢，在他家里折腾了老半天，最后扔下了一句“线路不通”，拍拍屁股走了。局级领导大发雷霆，找了以前的老部下——也都是领导阶层了，总算弄明白了，“大人”们可以一层层下达指示，但最后干活的还是工人，还真不能怠慢没有级别的小小工人。无奈的局级领导只能很想不通地买了两盒好烟伺候电话工人了。很不幸，在那年头，这是一个真实的故事。

待到开通电话线路和选购电话机的那一天，电信局就会来小区临时设摊，顿时人山人海，排队有如一条曲曲弯弯的长龙，个个像捡到皮夹子一样喜笑颜开，3000 元电话初装费毫不心疼地掏得一个爽，就像从口袋里随随便便掏一根香烟出来一样！

盛景不再，一切均揉进了历史的年轮。电信行业发展到了今天，早已快马加鞭、瞬息万变，大哥大、BB 机、智能手机……一天一个样，三天大变样。曾经辉煌的电话机忽然很可怜兮兮地成了明日黄花般的落脚货，当下不少家庭用户纷纷拆机，全家人用的是更方便、更快捷的手机。

再回头叙述那调房的传呼电话。一个男性声音在电话中自称姓顾，住 113 弄 23 号前门，有意用面积换煤气卫生设备，希望我们抽空去看看他的房子。

我们去了。这个房子上下两层，底层10个平方米，通过倚在墙边的楼梯爬上二楼，一间9个平方米不到带有一扇小小窗户的房间呈现在眼前，板壁后面是后门人家，完全不隔音。门外是一整个弄堂公用的供水站——其实也就是两个自来水龙头加一大水泥平台而已。房屋对面有一自己搭建的违章灶披间可供烧饭做菜。

马马虎虎只能这样将就了。双方很快便办了手续。我们稍微打扫以后，将楼下粉刷了一遍，准备作新房的楼上板壁用牛皮纸糊了一回又油漆了一遍，就像后来流行的墙纸一般。

终于搬家了！那时候还没有搬家公司，搬家走的是“朋党”路线，搬家费用是几条牡丹牌、上海牌香烟。为我们搬场开车的驾驶员的一句话在我耳边回响至今：“哎哟朋友，哪能像搬到旧社会来了！”

那是搬场车开不进狭小的弄堂而不得不停下卸货的时候。

那时，天空是灰沉沉的，一阵紧似一阵的西北风正刮过我们居住的这个城市的上空。

历史记住了那是1977年的早春，我们全家（除了已去江西万年上山下乡插队落户的弟弟）告别了工人新村，搬入了弄堂房子，直至6年以后因动迁重又搬回控江新村。

悄悄地，我走了，正如我悄悄地来；我挥一挥衣袖，不带走一片云彩。

后　记

岁月的斜风细雨在不停地叩击着窗台上的草绿色窗帘，思绪在轻轻涨潮，徐徐漫上了书案、漫过了青灯残卷，渐渐淹没了头顶的白发。一不小心，已是人到黄昏。

在似水年华的人生沙滩上，捡拾着一枚一枚又一枚小小的贝壳。每时每刻都会有惊喜，都会有发现，都会有疼和爱。

贝壳终究串成了一条红线，便成就了这本小书——《工人新村：上海的另一种叙事记忆》。

其实，这是一个蛰伏心底已久的秘密。

那时，正在创作三卷本百万言的长篇说部《工人》。在所查阅的浩瀚如海的史料中，上海的两大城市地标渐渐升上了历史的地平线，除了经典的石库门，还有一类突凸在我面前的是：新中国成立后建造的工人新村。

于是，有多少被忽略、被蚀刻的神秘就此抖落岁月风尘，穿越了时光隧道，敞开了袒露的胸襟，蹦蹦跳跳地走下了折叠的历史台阶。

我们开始遥望，那些没有来得及抖落“战上海”最后一抹枪炮硝烟的军大衣，猎猎漫卷工人新村建筑工地上的第一声打夯号子……

我们开始遐想，在军用地图上指点作战的红蓝铅笔，在杨浦、在普陀勾勒出了一片一片好大好大的区域，有绿水人家绕，有小桥流水杨柳岸，还有给工人后辈们预留上升空间的一所一所大学堂……

我们开始聆听，无数位建筑专家在进行专题讨论、精心设计工人住宅，其中还夹杂着外国专家频现域外风情的出谋划策：两层楼的“两万户”，三层尖顶的小楼，宽敞的公用空间，木质地板，自来水，抽水马桶……

我们开始沉思，共和国的缔造者终究是以怎样的大手笔、大睿智、大考量为工人阶级描画第一代工人新村的蓝图……

至今长相忆，工人们在享受现代化福利的同时，蓦然在时处近郊的工人新村里走进了唐诗宋词的画面：三五蝉影卧绿荫，七八蛙鼓叩池塘；试问谁家小猫咪，乱花丛中扑粉蝶……

呵，工人新村！一瞬间有多少情感、多少欢乐、多少百姓心事，被这四个字牵着、扯着、扑腾着，一同飞奔而来齐刷刷亮相。

陡然，一个大命题轰轰然在我的面前跃起：写一写我的工人新村吧，不，写一写我们的工人新村！原本，心底蕴藏着太多太多的工人新村情结——我的故事、你的故事、他的故事，我的同学、你的同学、他的同学，我的邻居、你的邻居、他的邻居，一样的早晨八九点钟的太阳，一样的小船儿荡起双桨，一样的红旗下的蛋。

有一种机遇，叫作缘。

有一种必然，常常不经意地隐匿于偶然的翅翼下。

《工人新村：上海的另一种叙事记忆》，就这样诞生，来到了人世间。

曾记否，半两的上海粮票，几尺几寸的上海布票，鱼票、肉票、豆制品票，生产、劳动、光荣、飞马、前门、牡丹香烟票，逢年过节增加的鸡、鸭、豆油、糖果、瓜子、花生……凭票供应的疆域辽阔，甚至结婚时必备的“四大件”——手表、缝纫机、台钟、自行车，“36只脚”的家具，均名列其中……

往事已如烟，跌落进岁月的尘埃，消逝了，不见了——今天，忽然在年青一代的眼中成为一个古老的传说、一个凄美的童话。点点滴滴，在一千种记忆中诉说记忆的青春。丝丝缕缕，在一千个回忆中经历回忆的美丽。

其实，能在“百忙对一闲”中静下心来回首久远的往事，并且付诸笔端，委实是一种可遇不可求的幸福。

自在草绿色稿笺上写下了第一行文字以后，身后便仿佛有了一道无形的鞭影，命中注定似的在时时抽打着、呼啸着、逼迫着，让我这个“工人新村的子弟”再也无法停下叙述的笔尖。是的，火车已经开动，已经开出了月台，又岂可随意停车？

想那远古初民，想那山顶洞人，在第一次狩猎归来的篝火旁，在与第一个女孩吟唱情歌的黄昏后，在刀耕火种的那一个金色的收获月夜，总会把体验和经验在长长的树藤上结绳记事——无数的绳结深深地沉浸于岁月之井，哪怕一道细小的微风拂过天空，都会牵动心底千尺波澜，有多少个绳结呵，便会有多少的回忆……

现代人早已遗失了记事的绳结，让它徒然无声地拍打着历史的回音壁。只是，进化到数码时代的人类有时候也会出现返祖现象，开始寻找那一道记事的绳结。于是，近年来便涌现了诸多追寻“逝水年华”的非虚构文本，而且渐呈热捧趋势，一发而不可收。

据说，重生小说是当下网络小说中的一种热门题材，描写主人公保存记忆回到若干年前重新过一遍自己的人生（绝非穿越类小说）。就这一意义而言，我也已经获得重生。《工人新村：上海的另一种叙事记忆》的操练，让我从岁月的长河中打捞记忆，让我重新走了一回童年之路、少年之路、青年之路，直教往事飞涌眼前，点点滴滴魂牵梦萦……呵呵，原汁原味的一代人的集体记忆。

《工人新村：上海的另一种叙事记忆》曾在杂志上连载，并不断地收到读者的来信、来电，除了个别熟识者，大多素昧平生，均认为写出了他们生命中曾经的那些故事、那些精彩、那些情结。不知，这是否可视为一种共鸣或褒奖？

付梓之际，正值共和国七十华诞，谨以本书化作一朵绽放的小花、一声热烈的欢呼。毕竟，体现1949年以后工人阶级成为社会主流的工人新村，于今已作为上海的城市地标而永载史册。

人民不会忘记，共和国不会忘记。

最后在这里，感谢在百忙之中为本书作序的陈思和老师，感谢为本书作精美插图的陆小弟，以及所有关心和支持本书的朋友们，感谢，感恩！

是为记。

管新生

2019年2月22日，草于海南三亚；

2019年3月10日，改于海上寓所。